KB202375

인항문단 시화집

다시 봄을 기다리며

인향문단

인향문단은 시와 문학을 사랑하며 작가의 꿈을 가진 이들이 모여 글을 쓰고 서로의 작품을 나누는 문학 공동체입니다. 다양한 배경을 가진 사람들이 함께 모여 저마다의 이야기를 글로 엮어내며, 아름다운 작품으로 완성하기 위해 노력하고 있습니다. 인향문단은 문학잡지와 시화집을 통해 회원들의 목소리를 담고 있을 뿐만 아니라, 각 회원들이 자신의 책을 발행할 수 있도록 도와주는 든든한 동반자가 되어줍니다. 또한, 도서출판 그림책과의 협력을 통해 작가들의 작품을 출판으로 연결하며 꿈을 실현할 수 있는 기회를 제공합니다. 시인으로 등단하고 작가로서의 길을 걷고자 하는 분들에게 인향문단은 든든한 지원군이 되어줍니다. 이곳은 단순히 친목을 위한 모임이 아니라, 시와 문학에 대한 사랑을 바탕으로 함께 성장하며 각자의 목표를 향해 나아가는 공간입니다. 글쓰기를 좋아하고 자신의 이야기를 책으로 남기고 싶은 모든 분들에게, 인향문단은 그 꿈을 이루는 데 소중한 디딤돌이 되어줄 것입니다.

인향문단 시화집

다시 봄을 기다리며

초판 인쇄일 2025년 4월 15일
초판 발행일 2025년 4월 15일

지은이 인향문단 · 경기 광주문학 外
펴낸이 장문정
펴낸곳 도서출판 그림책
디자인 이정순 / 정해경
출판등록 제2010-000001
주소 경기도 수원시 영통구 이의동 웰빙타운로 70
연락처 TEL070-4105-8439 (010)2676-9912
E-mail : khbang21@naver.com

인향문단 시화집

다시 봄을 기다리며

새싹들이 꽃으로 피어나,
봄의 들판처럼

– 방훈

겨울의 끝자락을 지나, 온 대지는 봄의 생명력으로 가득 차 있습니다. 들판에는 형형색색의 꽃들이 피어나 봄의 화려한 장막을 펼치고, 부드러운 봄바람은 나뭇가지 사이로 스며들며 나무마다 푸른 새잎을 돋우고 있습니다. 대지는 따스한 햇살 아래 숨을 고르며, 얼었던 흙 속에서는 새싹들이 머리를 내밀고 생명의 기운을 노래합니다.

봄은 시인들에게도 특별한 계절입니다. 겨울 동안 차갑게 얼어붙었던 마음 속에서 시의 새싹들이 움트기 시작합니다. 이제는 그 새싹들이 꽃으로 피어나, 봄의 들판처럼 풍성한 시의 정원을 이루고 있습니다. 한 편의 시가 한 송이 꽃이라면, 한 권의 책은 만발한 봄꽃의 정원이 되어 독자들의 마음속에 따뜻한 향기를 남기고자 합니다.

봄은 만물이 깨어나는 순간이자, 우리의 마음도 활짝 열리는 계절입니다. 대지의 약동처럼 시어도 강렬한 생명력을 머금고 다시금 독자들의 가슴에 스며들 것입니다. 이 봄의 풍경 속에서 우리는 희망과 새로움을 노래하며, 시의 꽃을 풍성히 피워냅니다.

이제는 겨울의 흔적마저 잊히고, 눈앞에 펼쳐진 봄의 찬란함에 감사하며 우리는 또 다른 시작을 준비합니다. 우리의 시가 따스한 봄처럼 독자들의 마음속에 피어나길 간절히 바라며…

인향문단 편집장 방훈

인향문단 편집장인 방훈 작가는 1965년 경기도에서 출생하였습니다. 대학에서는 국문학을 전공하였으며 2000년 초반 시인학교에 시를 게재하여 시인학교 추천시가 되면서 본격적인 시창작활동을 하였습니다. 그 이후에 개인시집과 여러 동인시집을 같이 발간하였습니다.

[다시 봄을 기다리며] 탄생을 축하합니다

- 김경란

아름답고 찬란한 봄의 탄생과 함께, 한 권의 시집이 세상에 나왔습니다. "다시 봄을 기다리며"의 출간을 진심으로 축하드리며, 이 시집이 우리 모두의 마음속에 따뜻한 꽃을 피우길 기원합니다.

봄은 대지 위에 새 생명을 불어넣고, 만물이 깨어나는 계절입니다. 푸른 잎들이 돋아나고, 꽃들이 만발하며, 자연은 그 자체로 황홀한 시를 써내려갑니다. 이 봄의 아름다움처럼, 한 편 한 편의 시가 독자들의 삶을 환히 밝히고 따뜻하게 만들어 줄 것이라 믿습니다. 시화집이 마치 하나의 봄 정원이 되어, 다양한 시어들이 모여 풍성하게 피어난 모습이 마음을 설레게 합니다. 이러한 특별한 작업에 동참해 주신 모든 분들께 감사와 찬사를 드립니다.

'다시 봄을 기다리며'는 희망을 노래합니다. 싹이 터서 꽃이 되는 모든 과정처럼, 우리의 삶 속에서도 시의 향기가 스며들어 마음 깊은 곳에 따스한 울림을 전할 것입니다. 이 시집이 독자들에게 봄날의 행복과 감동을 선물하길 바랍니다.

앞으로도 인향문단이 문학의 길 위에서 더욱 큰 울림을 남기며 빛나는 순간들을 만들어 가길 기원합니다. 여러분의 따스한 열정과 노력이 꽃을 피워, 온 세상에 봄의 온기를 전하는 데 앞장설 것이라 믿습니다.

다시 한 번 "다시 봄을 기다리며"의 출간을 축하드리며, 독자들과 함께하는 문학의 여정이 오래도록 이어지기를 바랍니다. 행복한 봄날 같은 축복이 모든 분들에게 가득하시길 기원합니다.

인향문단 주간 김경란

강원도 평창 출생이며 국문학을 전공하였다. 시인과 육필시에서 시 등단하였으며 문예사조에서 수필로 등단하였다. 그리고 한국문학예술에서 희곡으로 등단하였다. 경기광주문인협회 사무국장이며 광주아카데미예술단 단장이다. 한글연구가, 시낭송가, 동화구연가로 활동하고 있으며 2022년 한국문인협회 이사장 표창을 받았다. 성장동화 '뽀글이 콩닥콩닥 첫사랑'을 형설아이출판사에서 출간하였고 장편소설 '허물과 가시'를 푸르름출판사에서 출간하였다.

인항문단 시화집 - 다시 봄을 기다리며
CONTENTS

인향문단 시화집

다시 봄을 기다리며

강경훈

현재 신영인베스코 근무
프리랜서 통번역사
천주교 동아시아복음연구원 객원
연구원 재직 중

중앙대학교 독일유럽학과 박사
성균관대학교 유교철학과 석사
상명대학교 국어교육과 학사

새봄

강경훈

눈 녹은 냇물 소리
봄 불러 흐른다
딱따구리가 치는 탁목
봄 깨워 기지개 켠다
인생 별것 있나
새봄 맞이하면 행복이지

머문다

강경훈

가는 길 멈추고
잠시 머물리라

저 하늘이며 바람이며
나무, 바닥의 이름 없는 들꽃조차
다 보려한다

어느 시인이 말했다
자세히 보아야 이쁘다
오래 보아야 사랑스럽다고

머물리라
이 시간 속에
어쩌면 흘러가는 세월도
멈췄으면 좋겠다

산새소리

강경훈

이름없는 산새들이여
그대 우는 소리

예전엔 그대들이
짝짓기 하거나
밥 달라는 소리인줄 알았는데

이제는 내가 그대들에게
감사하구려

그대들의 아름다운 소리를
들을 수 있음에 감사하오

조용한 아침을 깨우는
그대들 소리
하지만 전혀
시끄럽게 느껴지지 않는 마력

그 마력에 나는 빠져듭니다

얼음물 녹아

강경훈

마른 하천에
얼음물 녹아
물이 다시 흐르네

마음 속 응어리도
눈 녹듯이 녹아
강물처럼 흐르길

아침안개

강경훈

새벽부터 저 산에 뭉게 구름 걸렸네
하늘엔 안개가, 땅에는 습기가 가득하네
저 산은 말이 없구나
그저 내 머리만 말이 많을뿐
아침 안개여
그대는 이슬처럼 머물다 가는 사내라네
우리는 그런 존재일지 모른다

아침 안개처럼 언젠가 걷히는 人生
찰나의 상쾌함이
나를 개운하게 만들뿐

김만종

경북 상주에서 태어나 한국방송통신대학교를 졸
업한 시인은 문학에 대한 열정으로 인향문단에 작
품을 발표하며 등단하였습니다. 꾸준한 창작 활동
을 통해 삶의 깊은 이야기를 시로 풀어내며, 자신
의 문학적 세계를 넓혀가고 있습니다. 현재 그는
왕성한 창작활동을 이어가며, 그동안 창작한 시들
을 모아 자신의 첫 번째 창작 시집 출간을 준비하
고 있습니다.

따뜻한 겨울

김만종

차가운 바람이
옷깃을 파고들고

하얀 눈이
세상을 덮은 겨울

꽁꽁 얼어붙은
세상처럼 마음까지

움츠러드는
계절이지만

당신의
눈빛만큼은

따스하게 봄을
품고 있어요

당신이 보고 싶은 날

김만종

햇살은 유난히 눈부시고
바람은 왠지 더욱 향긋해
세상이 온통 당신의 빛깔로 물들어 있어요

새소리도 당신의 목소리 같고
꽃향기도 당신의 향기 같아
온 마음은 당신을 향해 뛰어가고 있어요

저 멀리 보이는 산 그림자도
당신의 모습 같고
구름 한 조각도 당신의 웃음 같아
눈을 감아도 당신이 떠올라요

눈길

김만종

펄펄 내린 눈이
길을 지웠는데

널 찾아가는
내 안의 길은

왜 이리
뚜렷해지는지…

가슴에 별이 산다

김만종

가슴에 별이 뜬 후
그리움은 목마른 사슴이 됐네
먼 헤어짐에 희망이 사라지고
끝이 없는 그리움만이 남아서

별의 빛을 따라 달려도
머나먼 언덕에 닿을 수 없는 거리
그저 가슴에 별이 떠올라
지금도 매일 너를 기다리고 있어
우리들의 보금자리에서…

하늘만 봐도 시가된다

김만종

푸른 도화지 위에
뭉게구름 붓질 삼아
하얀 물감 흩뿌려 놓은 듯

햇살은 금빛 물감 풀어
구름 사이사이에
빛깔을 더하고

바람은
조심스레 붓을 휘저어
구름을 춤추게 하네

혜향 김미숙

1964년생
전북 김제출생
방송통신대 유아교육과 졸업
유치원교사
인향문단 홍보이사
문학촌 인천지역장

봄을 기다리는 마음

혜향 김미숙

따뜻한 봄이 오고 있다
새들의 노래소리는 즐겁고
들에는 새싹들이 인사하고

옆개울에
졸졸졸 흐르는
맑은 시냇물이 봄이 왔다고
귓속말로 속삭인다

봄봄, 봄이 왔어요

행복한 봄, 어여오너라
추운겨울
잘 견뎌줘 고맙다

고운님 나의봄 사랑한다
나와 함께
이봄에 행복하자

봄비

혜향 김미숙

봄비는 소리없이 내리고
땅에서 뽀글뽀글
빗방울의 속삭임이
사랑스럽고 정겹다

흙은
봄비가 너무 반갑고
봄비가 고마운가 보다

봄비에
힘찬 기운이 느껴진다

산과 들에
파릇파릇한 생명들이
빗소리에 깨어나
고개를 들고
봄을 노래한다.

생강나무

혜향 김미숙

봄을 가장 먼저 전하는
생강나무 가지는 앙상하지만
노란 봉우리가
인상적인 노란 생강나무꽃이다

노란 봉우리가
꽃으로 산에 예쁘게 피어
봄산행에 동무 해주고
생강의 향기를 맡으니
나는 행복하다

생강나무는
생강의 향기가 난다고해서
생강나무라 부른다

꽃으로는 향긋한 생강차도
너무좋다

기다리는 사랑

혜향 김미숙

봄이오면
꽃도 심고
예쁜 꽃들과 사랑을 나누면
송이송이 꽃은 피어나겠지

꽃만 생각해도
행복한 미소

꽃이 피면
꽃들과 아름답게 향기나는
사랑을 나누고 싶다

길가에도 꽃밭에도
향기 가득한 그날을 기다리고
방긋방긋 웃어주는
봄의 꽃밭

오늘도
행복한 마음으로 기다린다…

봄

혜향 김미숙

머지않아 3월이 온다

처마 밑에서
냉이가 고개를 내밀고 있다

2월의 추위를 잘 이겨내고
봄이 되어 찾아오는 예쁜 생명들
어서 나와라
예쁜 새싹들 환영한다

나의 봄 나의 사랑은
싱그러운 봄과 함께
이렇게
천천히 웃으면서 시작한다

김상윤

인향문단 시화집에 작품을 발표하며 등단한 시인은
현재 제주도에 거주하며 창작의 열정을 이어가고 있
습니다. 푸르른 제주 자연의 아름다움과 삶에 대한
깊은 관조에서 영감을 얻어, 이를 바탕으로 다채로운
시를 창작해 오고 있습니다. 그동안 쓴 시들을 모아
자신의 첫 번째 창작 시집을 준비 중인 그는 자연과
인간, 삶의 여러 단면을 섬세히 조명하며 독자들에게
따뜻하고 진솔한 감동을 전하고 있습니다. 그의 시는
제주도의 평화로운 풍경과 삶 속에서 발견한 소소한
기쁨과 깊이를 담아내며, 문학적 세계를 더욱 확장해
가고 있습니다.

눈길

김상윤

가로등 불빛이 없어도
달빛이 없어도
저 스스로의 빛으로
환하게 길을 비추는

마음에 담아 두었던
구역질 나는 아픔과
모든 서러움을 덮은

새벽 눈길 위에
첫 행인이 되어

뽀드득 뽀드득
반주를 맞추어 가며
홀로 발자취를 만들어 가는

습설濕雪

김상윤

봄은 봄인데
봄이 온 것 같지가 않은
세상 모든 게
물 먹인 솜이불에 덮여

가냘프게 솟아오르던
작은 샘마저도
얼음 속에 갇히고
무거운 눈속에 묻혀

따뜻한 물 한 그릇
부어 넣어 본다 한들
얼어붙은 마음은 풀릴 길 없고

새봄 새날은 어디쯤 왔을지
새봄 새날만 손꼽아보네

어머니를 닮은

김상윤

당신의 모습은
세상 모든 것을 초월한
깊이를 측정 할 수 없는
깊은 우물 같아 보입니다
어머니의 모습입니다

당신의 가슴은
마르지 않는
샘물입니다
언제나 잔잔한 파도입니다
어머니의 가슴을
본 듯합니다

어느새 당신은
어머니를
많이 닮아 있음입니다

여전히 오늘

김상윤

오늘밤이 지나
내일이 오면
좋은 일이
꼭 찾아 올 것만 같아

밤잠까지 설쳐가며
새벽 첫닭이 목청을 돋울 때
급히 밖으로 뛰쳐 나가보니
내일은 흔적이 없고

또다시
오늘만이 빙그레
웃음 지으며
나의 곁에 다가와
서 있네

꽃잎

김상윤

꽃잎이
떨어진다고

서러워하지 마라
눈물을 보이지도 마라

고장도 없이
돌아가는 세월

쉬임 없이
앞만 보고 달려가는
시계의 초침

아쉬워 마라
힘든 삶도 많이 넘겼으니
이제는 쉬려함인 것을

김자경

김자경 시인은 강원도 태백에 거주하며, 문학에 대한 깊은 사랑과 열정을 바탕으로 꾸준히 시를 창작해 오고 있습니다. 인향문단을 통해 작품을 발표하며 등단하였으며, 현재 그는 자신의 첫 번째 창작 시집과 한시 번역서 출판을 준비 중에 있으며, 이를 통해 자신의 문학적 세계를 더욱 넓히고자 합니다. 왕성한 창작 활동을 지속하며 시인은 아름다운 환경과 조화로운 삶 속에서 새로운 문학적 도전과 탐구를 끊임없이 이어가고 있습니다.

새벽이슬

김자경

새벽이슬이 살그머니 내려 앉는다
잠에서 깨여 눈 비비고
창밖을 보니

공기속에 새벽어둠이 허우적 거리여
흔들어 깨워도
멍하니 쳐다볼 뿐이다

어젯밤 힘들었던 그리고 바람이 불던
그 모든것이 홀가분하게 미련없이

버리고 싶은 마음이
간사해지는 이 순간
이마주름도 어찌면 펴지는 듯한
가벼움

이슬이 동글동글
그리움을 흔들어 놓는다

봄기운

김자경

冬寒過後迎春暖, 陽光明媚心情悅
春雨融化冰雪寒, 春光激活蕭條景
萬物復蘇綠盎然, 花開花落看不盡

추운 계절이 바뀌면서 봄이 찾아왔구나
화사한 분위기에 기분도 한결 상큼하다

봄비가 지나가니 얼어붙은 땅이 녹아서
스산하고 생기없던 대지에 봄이 일어나

만물이 소생하니 푸른빛이 완연하거늘
끝없이 피고지고 철따라 또다시 피는 꽃

늦바람이 은은한데

김자경

於君自別魂已斷, 空有夢裏苦相思
原本夢中也會痛, 無人知曉愁斷腸
東窗未白孤燈滅, 今宵酒醒何處歸

님이 떠난 뒤로 나는 넋을 잃은지 이미 오래된다
밤이면 꿈속을 헤매며 그리움에 빠져 마음이 괴로워

애초부터 꿈속에서도 애절함에 슬픔에 겨워있는 걸
아무도 모르는 창자가 끊어지는 애끓는 아픔에 잠겨

아직은 동이 트지 않았는데 등불은 벌써 꺼져가고
오늘 밤에 술이 깨면 또 그 어디에 갈곳이 있을까?

내 마음에 그곳

김자경

어느 늦가을 즈음
햇볕이 좋아 난간에 기대여서

햇빛을 한몸에 받는
밤이 아닌
하얀 대낮에 꿈이 아닌

생생한 현실속에서
살짝 마음을 열어 바람과 속삭이듯
사랑해… 오늘이여

그 곳으로 날아가는 마음을 추수려
하얀 구름 타고 몰래 달린다
어딘지도 모르는 그곳으로

작은 뜨락이 보인다
그림같은 정원에 꽃구름이 활짝 핀
그곳이다

내 마음속에 그곳이여

일출을 보면서

김자경

站在海岸觀旭日, 銀河之下瀑布飛
仰望天空白雲飄, 人生自來不完美
留不住靑春之盛, 回不去從前歡樂

바닷가에 서서 솟아오르는 해를 보노라니
은하수 아래 드리운 폭포 날 듯이 쏟아지고

하늘을 우러러 보이는 건 흰 구름떼들이여
인생은 시작부터 완벽하지 않는 길이라

흘러간 청춘은 다시 돌이킬수 없는 것이여
젊은 시절의 기쁨 또한 되 찾을 길 없더라

김정숙

려정(麗正) 김정숙
진명여고 졸업
한국문인협회 회원
한국문인협회 도봉지부 사무국장 역임
허난설헌 문학상 수상
시집 '이슬비로 오신 그대',
　　　'살포시 보낸 마음'

능소화

김정숙

보고 지고 보고 지고
그리운 님 보고 지고
꿈에도 못 잊을 그 님이 보고파
하룻밤의 애틋한 정을 어쩌지 못해
홀로이 외로움 달래다 달래다
저러이 곱게도 피었구나

차라리 그 밤을
영원 속으로 보내고
상감마마 품 안에서
떠나지 말일이지
세월 가고 난 뒤
열 사람 백 사람
너를 귀히 여긴들
그게 다
무슨 소용 있더란 말이냐

네 모습에 반하여
곁을 스치는 이
눈멀게 한다고 네 恨이
풀릴리 없는데
그 모습 그리워 헤매는 네 마음
애처로워

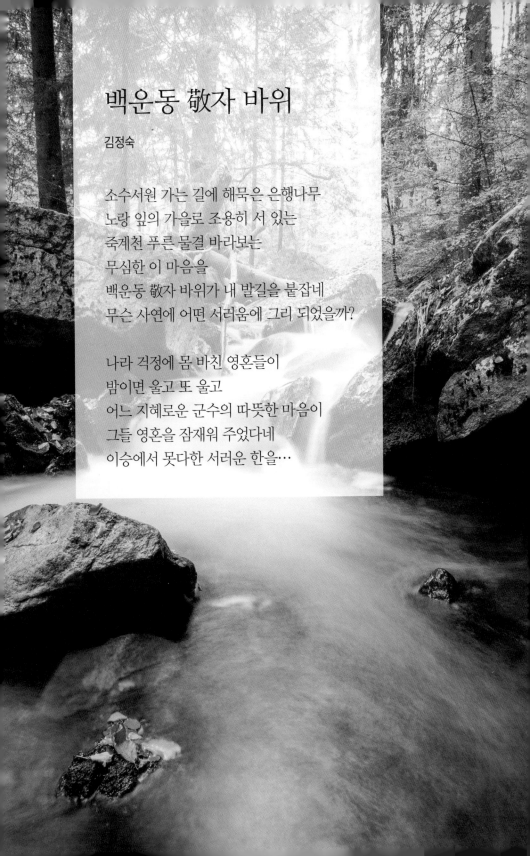

백운동 敬자 바위

김정숙

소수서원 가는 길에 해묵은 은행나무
노랑 잎의 가을로 조용히 서 있는
죽계천 푸른 물결 바라보는
무심한 이 마음을
백운동 敬자 바위가 내 발길을 붙잡네
무슨 사연에 어떤 서러움에 그리 되었을까?

나라 걱정에 몸 바친 영혼들이
밤이면 울고 또 울고
어느 지혜로운 군수의 따뜻한 마음이
그들 영혼을 잠재워 주었다네
이승에서 못다한 서러운 한을…

내 좋은 날에

김정숙

아버지가 사랑하는 딸 숙이가
통의동 안마당에 서 있습니다.
골목 어귀 저만치서
전차가 지나가는 소리가 들립니다.
안녕히 다녀오시라는
이 딸의 마지막 인사는…

아버지
오늘은 서기 2016년 3월 12일입니다.
그 수많은 날 중에
내 좋은 날은 오늘입니다.

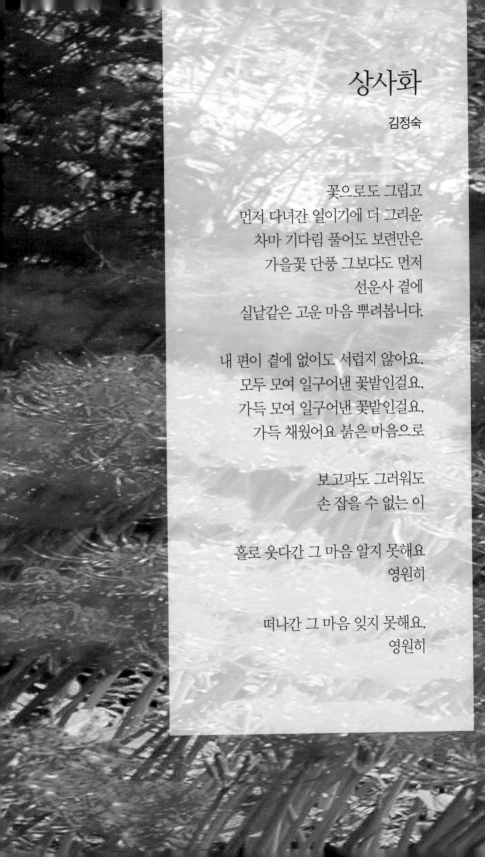

상사화

김정숙

꽃으로도 그립고
먼저 다녀간 일이기에 더 그리운
차마 기다림 풀어도 보련만은
가을꽃 단풍 그보다도 먼저
선운사 곁에
실낱같은 고운 마음 뿌려봅니다.

내 편이 곁에 없이도 서럽지 않아요.
모두 모여 일구어낸 꽃밭인걸요.
가득 모여 일구어낸 꽃밭인걸요.
가득 채웠어요 붉은 마음으로

보고파도 그러워도
손 잡을 수 없는 이

홀로 웃다간 그 마음 알지 못해요
영원히

떠나간 그 마음 잊지 못해요.
영원히

민성식

충청남도 논산에서 태어난 민성식 시인은 어린 시절
초등학교를 논산에서 다녔으며, 이후 대전으로 이주
하여 지금까지 대전에서 생활하고 있습니다. 그는 시
를 꾸준히 창작하며, 인향문단 시화집을 통해 작품을
발표하며 시인으로 활동을 시작하였습니다. 현재 화
물차 운송업에 종사하며 바쁜 일상 속에서도 창작의
열정을 놓지 않고 왕성한 창작 활동을 이어가고 있습
니다. 민성식 시인은 현재 자신의 첫 번째 창작 시집
을 준비 중에 있습니다.

그대 오시니

민성식

그대가 오시는구려
영롱한 이슬방울 마냥
고요히 내 마음에 스며들어 오시는구려

나는 대문을 활짝 열고
산들바람 머금은 뜨락에 서서
그대 맞이하려 합니다

그대가 초롱초롱 별빛처럼
아련한 은하수를 건너 오시는구려
부드러운 달빛 아래 흐르는 강물 따라
고요히 다가오시는구려

나는 정원의 꽃잎들 사이로 걸으며
새들의 노래와 함께
그대 맞이하려 합니다

그대가 오시는구려
푸른 하늘 아래
온 세상을 품고 오시는구려

황혼의 항해

민성식

황혼이 쏟아지는 강가에서
조약돌 하나를 종이배에 싣고
황혼빛 물결 따라
석양을 향해 흘러가네

바다 끝, 저 먼 망망대해로
너무도 고요히

나의 외로운 항해는
침묵하듯 잔잔히 이어지네

밀려오는 파도는 위로의 숨결
부드럽게 나를 감싸 안으며
끝도 없는 몸짓으로 다가오네

그리움 1

민성식

바다 끝 저 멀리 망망대해
구름은 물결처럼 흘러가며
수평선 위를 어루만지네

끝없는 그리움 하나
은빛으로 반짝이며 떠 있는 듯
그 끝은 보이지 않고

그리움은 바람결 따라
파도처럼 밀려오건만
겨울 끝자락의 쓸쓸한 고요 속에서도
새봄을 기다리네

새싹은 조용히 얼굴을 내밀고
대지의 숨결을 느끼며
바람처럼 내 곁을 스치며 지나간다

끊임없이 밀려오는 파도는
가슴 깊이 흔적을 남기며
그리움의 꽃을 피운다

그리움 2

민성식

어둠 속에서 깨어나는
한 줄기 새벽빛

아침이슬은 영롱한 빛방울로
나를 부른다

나에게 다가오는
적막한 기다림

아침 안개의 부드러운 베일 속
안개꽃들이 나를 감싸고
그리움의 향기가
나에게 고요히 속삭인다

맑은 하늘 높이 날아가는 새처럼
나는 그리움의 뒷모습을 향해
날기만 하네

그리움의 날개짓으로
하늘에 그림자를 남긴다

세상속으로

민성식

어둠 속에서도
이슬방울 초롱초롱 빛나고
새벽의 첫빛이 대지를 감싸며
밝아올 때까지도
이슬은 빛을 잃지 않는다

집 앞 나무 위
까치가 반가운 아침을 알리며
붉게 떠오르는 햇살 속에서
인사를 건넨다

내 마음의 희망 한 줌
아침의 잔잔한 바람따라
세상속으로
유유히 흘러간다

온몸 가득
아침 햇살을 받으며
봄의 따스한 손길을 따라
움튼 새싹처럼
희망을 안고
세상속으로 향한다

박종선

경기 성남거주
공감문학 등단
공감문학협회 정회원
솜다리문학 정회원
2020 우리시 정회원
2018년 가시2집 '내안의 가시' 공저
2018년 시집 '새벽향기' 출간
2021년 인향문단 '그날이 오면' 시화집 공저

강아지풀

박종선

무너진 담장아래
강아지풀 몇마리 살랑인다
샛바람 탓이려니 무심코 눈길 주어도
꼬리치듯 반갑다 인사를 한다
무거운 걸음을 옮기다
깨진 돌틈에 피어난 들풀이
다시금 마음을 끈다
하필 힘겨운 눈동자에 맺히는
고집으로 피어난 생명들

스물 몇해를 견디지 못해
무너진 가슴 아래엔 무엇이 남았을까
온기 하나 심기지 않는
메마른 문고리를 단단히 걸고
바람조차 허용하지 않은 시간에
숨고르기를 하며 맥박을 줄였다
햇빛은 회색으로 변했고
웅크린 발목의 통증이 무뎌질때
날아든 실바람의 씨앗
갈라진 심장을 파고드는 마지막 호흡이었다

기적도 없이 움을 트며 자라는 세상
먼 광야의 대지는 잊어버리고
작은 손짓으로 화답하는 풀잎
맥박이 다시 뛰기 시작했다

모서리에서
박종선

반듯하게 각진 계단 한 귀퉁이
생명 한조각 푸른 숨을 틔웠다
바람이 밀어내고 햇빛이 외면한 곳에
누가 가만히 호흡을 심었을까
모든 것이 멈추어 있는
틀에 박힌 의지 앞에 숨쉬고 있다

살아 있는 것의 위대함이란
지구의 허파에서 날숨을 끼내
우주로 우주로
생명을 퍼올리는 길을 트는 일
미로 같은 틈에서 맥박을 건져낸다
순간을 변화시키는 힘이다

스치고 가는 시간은
덧없이 버려지는 휴지조각처럼
의미없는 조각같지만
찰라를 붙잡은 놀라움은
때로는 살아가는 길에 더해진 행운
누가 구석을 보잘것 없다 할것인가
움트는 푸른 우주가 웅크리고 있는데

목련
박종선

그때, 바람을 타고 날아온 건
꽃잎 한장이었다

이맛살을 잔뜩 찌푸린 하늘이
눈물 한방울쯤 흘릴거라 생각했는데
어깨를 툭 치고 지나가는
목련 꽃잎의 창백한 웃음

아직 초록이 되지 않은
연두빛의 홀림에 정신이 팔려
순백의 목련나무를 잊고 있었다
일찍 시든 잎 옆지기를 닮았다

바람같은 아이들을 키우느라
벌이 없는 남편몫까지 힘쓰느라
일찍 시든 얼굴 목련이 되었다
가슴이 타 버린 꽃잎 바닥까지 갔다

철없는 봄빛이 여기저기 기웃대고
바람을 이기지 못한 꽃잎
우울한 하늘 짓던 날 떠나갔다
달랑 바람결에 꽃잎 한장 띄우고

그늘은 아직도 서늘하고
바람에 숨은 겨울눈빛이 날카롭건만
봄빛은 슬며시 담벼락에 붙어 있었다

행운목

박종선

며칠전 한 칸의 행운목을
잘 살라고 선물 받았다
엉성했던 지난 날을 바꾸라고,
내 한 칸을 푸르게 채워 보라고.

한때는 싱싱한 몸통이었던
저 짧은 토막이 나를 지울수 있을까
어딘가의 토막으로
뿔뿔히 흩어져 간 주제에

며칠 후 파릇 눈이 돋더니
손가락 만 하게 잎새가 나왔다
한 토막 속에 숨어 있던 생명이
온 힘을 다해 살아 보겠다고
질긴 세상을 살아 보겠다고

푸른 잎맥이 회초리가 된다
초록이 멈춘 시간을 꾸짖는다
지난 날이 모두 스쳐갔는데,
짧은 호흡도 살수있는 힘이 된다고
세상 문을 자르고 토막이 된 나에게.

지금 한뼘 더 커진 잎새에
물을 주는 중이다

봄으로

박종선

가슴이 다 굳기 전에 찾아와서
노란 설레임과 연두빛 생명으로
귓속을 간지럽히는 속삭임
목석처럼 머물렀던 자리에서
견딜수 있다면
다만, 견딜수 있다면

한 철 내내 얼었던 어깨를 흔들고
움푹 패인 발바닥 그 안쪽에 맺혔던
지난 가을의 상처를 싸맨 채
날마다 자라는 잎새의 거리만큼
조심스럽게 내딛기로 한다

온통 젖었다고 느낄 때 비가 온다
한 웅큼의 온기를 담고서
수군거리는 초록의 눈빛 따라
바람의 옷자락을 타고 온다
견딜수 있다면 다만, 견딜수 있다면

낮은 층층계단 사이에 맺힌
몇 알의 지구 부스러기를 붙잡은
봄! 생명의 빛으로 흐른다
가슴 안으로 타오르는 신비
붙잡고 견딜수 있겠지
견뎌야 하겠지

박효신

인향문단에 시를 발표하며 등단하였고 인향문단 잡지
에 초대시인으로 참여하였으며 인향문단 시화집 1 2 3
4집에도 참여하였다. 인향문단 편집위원이며 인향문단
자문위원이다. 마운틴TV 시공간 명예의 전당에서 대상
을 수상하였다. 시를 꿈꾸다 3집 동인지, 한줄의 꿈 2-
캘리 동인지에 참여하는 등 왕성한 시작활동을 통하여
첫 창작시집인 [나의세상]을 발간하고 두번째 시집 [내
눈에 네가 들어와], 세번째 시집 [너의 그리움이 되어],
네번째 시집 [나의 그리움을 만나고 싶다]를 발간하였다.

하얀 바람꽃

박효신

파도의 그리움은
바람이 달래주고

모래의 그리움은
파도가 달래주고

사람의 그리움은
알지 못한 세월이 달래주고

내 그리움은
누가 달래주려나

인적 드문 곳에 홀로 피어 있는
하얀 바람꽃
내가 너를 달래주고
네가 나를 달래주고

너와 난 이렇게 비밀스러운
사랑을 나눈다

아침풍경

박효신

아침에 눈을 뜨면
우거진 빌딩 숲속 사이로
파란 하늘이 눈에
들어오고

창밖은
바람의 소리가
나를 부른다

빌딩 숲을 벗어나
풀벌레 소리 귀에 담고
신선한 공기 코로 느끼고

파란 하늘 싱그런 꽃잎
눈에 담아

아침 풍경의
풍요로움을 마음으로 담아
느끼며 걷고 있는
이 길

조약돌

박효신

빨리빨리
흘려보내면
빨리빨리
괜찮아지는 줄 알았다

물길 따라 흐르도록 내버려 두면
모난 돌도 조약돌이 되는 건데

살아간다는 건
조약돌이 되는 게 아닐까?

한지 만드는 아이

박효신

얼음이 꽁꽁 언 날
아이는 작업실에서
한지를 만든다

고무장갑도 끼지 않고
찬물에 손을 담그며
한지를 만든다

나는 유리창 너머로 바라본다
아이는 시린 손을 호호 불며
한지를 만든다

찬물에 손등이 빨갛게 익어가는
아이의 모습에
심장이 저려온다

나는 유리창 밖에 서서
한지 만드는 바알간 시린 손을
바라보며 울고 있었다

흐르는 눈물은
얼굴에 꽁꽁 얼어붙는다

나의 모습

박효신

삶은 늘 좋은 일의 연속일 수는
없겠지만

시간이 지날수록 혼란스럽다
내가 웃고 있는 지금
정말 웃는 걸까?

진심으로 내 마음이 기쁜가?
나는 지금 정말로 행복한가?

'나'라는 사람이 가진 모습의
모양과 정답은
없는 것 같다

방훈

1965년 경기도에서 출생하였다. 대학에서는 국문학을 전공하였으며 대학을 졸업한 후에는 다양한 분야의 경험을 하였으며 30대 중반부터는 출판사에서 근무하였으며 40대에는 출판사를 운영하기도 하였다. 2000년 초반 시인학교에 시를 게재하여 시인학교 추천시가 되면서 본격적인 시창작활동을 하였다. 그 이후에 여러 동인시집을 같이 발간하였다. 16인 공동시집 [한 페이지 한 페이지마다 내 사랑을 담아 전합니다] 발간에 참여하였으며 또 26인 공동시집인 [사랑으로 핀 꽃은 이별로 핀 꽃보다 일찍 시든다] 발간에 참여하였다. 그후에 긴 시간에 걸쳐 절필의 시간을 지냈으며 2011년 [저 먼 아프리카의 이쯔리 숲으로 가고 싶다]라는 개인시집을 출간하면서 다시 시창작활동을 시작하였다. [아무런 대답도 할 수 없었다], [아비의 역마살은 언제 끝나려나] 등의 시집과 [방훈의 희망시편], [방훈의 청춘시편], [방훈의 지옥시편]이라는 연작시집과 다수의 창작집을 발간하였다.

꿈

방훈

창백한 달빛이 밤의 허리에 걸릴 때
붉게 녹슨 바람이 밀려와
내 몸을 감싸고
내 절망의 눈물을 먹고 자란
숨어 있던 절망들이
금이 간 어둠의 철창을 뚫고
돋아난다

말라 죽은 꿈에 붙어있는 상처들이
창백한 밤의 도시에 그림자를 새기고
깨진 보도블럭 사이로 악몽이 돋고
불이 꺼진 가로등의 끝으로
검은 별들이 떠오른다

가슴 깊숙이 고인 절망의 눈물이
거친 땅을 적시면
어둠 속에서 뿌리를 내리던 악몽들이
내 마음의 낡은 철조망을 뚫고 침입한다

가뭄

방훈

말라버린 강물
텅 빈 메마른
들판

바짝 마른 가지에 걸린 해는
가시 돋친 혀끝으로
세상을 끝없이 핥아댄다

발자국마다 피어나는
습기 한 점 없는 먼지
가뭄으로 갈라진 사람들 틈으로
번지는 갈증

부서진 피에로의 웃는 얼굴들
서로의 갈증은
서로의 그림자마저 훔쳐
목마름을 채운다

밤의 노래

방훈

파도가
침몰한 달을
삼키는 밤

점점
더 멀리 떠나가는
풍등처럼 떠도는
신음소리

철창에 갇힌 물고기들이
서로의 지느러미를
뜯어먹으며 외치네

우리 지느러미엔
자유의 가시가
돋아났다

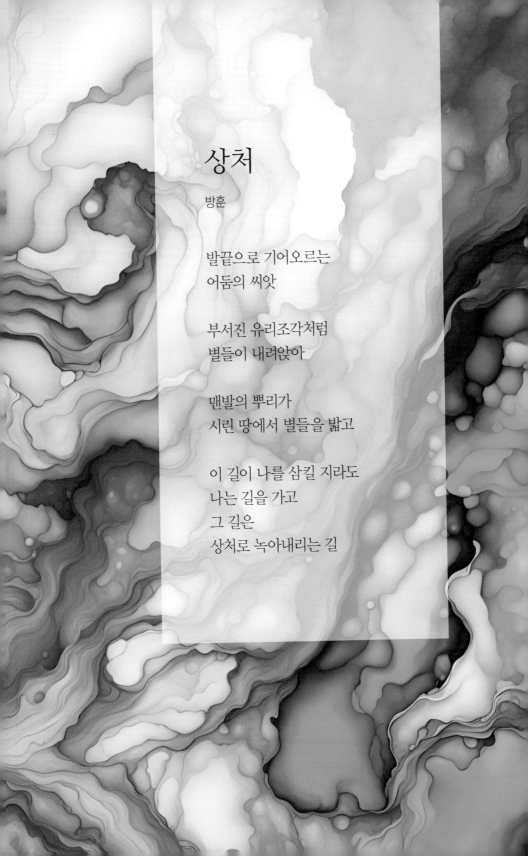

상처

방훈

발끝으로 기어오르는
어둠의 씨앗

부서진 유리조각처럼
별들이 내려앉아

맨발의 뿌리가
시린 땅에서 별들을 밟고

이 길이 나를 삼킬 지라도
나는 길을 가고
그 길은
상처로 녹아내리는 길

희망이라는 이름의 폐허

방훈

우리가 건너온
다리는

바다 밑에서 떠오른 녹슨 낫
파도가 밀어닥칠 때마다
살갗이 벗겨지는 녹슨 페선

이처럼 희망은 허공에 매단
깨진 거울조각

그 안에서 우리는
다시 한 번 부서지고
부서지는

백금선

전남 순천 출생
국어국문학과 졸업
2019년 월간 [국보 문학] 등단
[국보 문학] 수필 부분 신인상, 작가상 수상,
동인지 [사랑이 흐르는 삶] 1집~5집 공저
한국수필 정회원
스토리 문인협회 정회원
자작나무 동인지 8집 공저

빈손

백금선

굵게 파인 손금 사이로
진땀이 주르륵 흐른다.

움켜쥔 주먹 속에
꿈과 희망이 가득 찼을 때
힘줄을 타고 흐르는 전율은
두 손바닥 위에
파란 혈선을 그려놓고

거친 파도 넘실대는 세상을
오리발이 되어 자맥질해 온 가녀린 두 손은
가시넝쿨 세월 속에 수세미처럼 거칠어
누렇게 못이 박힌 채로

고목처럼 나이테를 그려
생명선 재물선 애정의 선도
삶의 수레에 지워져
얼굴을 비추는 거울이 되어

타고난 운명선을
삶은 허락도 없이 바꾸어 놓고
이것이 인생이라며
거친 두 손바닥은 빈손이 되어
낯선 얼굴을 감싸 안는다.

한 필 두루마리

백금선

꿈도 희망도
멍석 속에 씨앗을 넣어
둘둘 말아 놓았다

피우지 못한 쭉정이도
가슴을 파고들던
원망의 사슬도
썩어서 거름이 되도록

세월을 말아온
한 필 멍석이 된 두루마리는
가슴속에 겹겹이 쌓인
인고의 상처를 안고
검은 고름이 고여 두엄이 된 채

다시 고개를 든다
박제된 화석 속에
생명이 부활하듯
날개를 펼치는데 깃털이 연약하다.

어제의 날들을 다시 꺼낼 때면
회상의 길목에서 목이 긴 사슴이 되어
두 눈에 가득 담긴
빛바랜 기억들만 가물거린다.

여명의 빛을 따라

백금선

여명의 빛을 따라 살아온 세월
빛바랜 그림자가 저만치 앞서간다

꿈꾸던 욕망 위에 잡을 수 없는 삶의 희로애락이
거미줄처럼 끈끈하게 엉킨 채
비틀거리며 길을 재촉해 올 때마다

암흑 같은 동굴 속에 여명의 빛 찾아
파닥거리며 날갯짓하는 새가 되어
자유롭게 훨훨 날고파
긴 날을 가슴앓이했던 날들이

지금 다시 무엇을 염원하는지
채움으로 끝이 없는 욕망의 자리에
허상이란 공허의 바람을 일으키지만

불타는 해를 안고 몸부림치며
말없이 저물어가는 저녁노을이
황혼의 끝자락 갈림길에서
포근한 손 내밀어 손짓해 올 때

언젠가는 떠나리라
붉은 저녁노을을 따라 세상의 갑옷 모두 벗어내고
여명의 빛 친구 되어 그대 손 잡으리라.

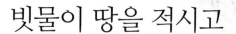

빗물이 땅을 적시고

백금선

온 산천을 촉촉이 적시는
엿가락 같은 봄비가
하늘 천 땅위에 주룩주룩 내립니다

여인의 마음처럼
저 넓은 벌판 위에 빗물은 양수되어
탯줄처럼 가슴속 깊이
뿌리를 타고 스며들 때면

푸른색 옷을 입은 지리산의 산맥 위에
구름 같은 하얀 연무는
산봉우리에 걸터앉아
하얀 연기 뿜어내며 쉬어만 갑니다

강물 위엔 물안개가
연기처럼 피어나고 수변의 능수버들

댕기 머리 길게 늘여
물보라를 헤치며 그네를 탈 때

굽이굽이 흐르는 보성강 물줄기는
벗나무 친구 되어 터널을 만들고
섬진강과 하나 되어 하동포구로
소리 없이 유유히 흘러만 갑니다.

어머니

백금선

앙상한 겨울나무가 어머니의 모습 되어
두 동공을 스칠 때면
겨울 하늘 빙하의 눈물은 어머니의 눈물인 듯
마음속 깊이 조각 비가 흐릅니다

홀연히 옷을 벗은 나무들이 어머니를 닮은 듯
주름진 가슴 위에 양수를 저장하고
부활의 봄을 위해 생명의 탯줄이 땅의 가슴을 파고들 때면
어머니의 삶이 그림자처럼 소환되어 지나간 영상들이
마음의 심지에 불을 지펴
못다 한 사연들은 가슴을 태웁니다

오늘도 어머니의 남겨진 흔적을 따라
또 하나의 마지막 삶을 찾아 나설 때
길모퉁이 작은 바윗돌 위에 웃고 있는 당신의 모습은

십여 년의 긴 세월 고장 난 시계처럼 정지된 채
홀로 외로이 그리운 사람들을
마음과 눈동자 속에 고이 간직하신 어머니!

그래 그것이 치매래! 하며 소리 없이 가슴을 치며
인생의 무거운 짐 내려놓고
마지막 몸을 맡긴 삶의 종점인 요양원
진자리 마른자리 자식을 위해 살아오신
고귀한 삶의 발자국들을 어머니 이제 제가 밟고 가겠습니다.

송태성(필명 송문정)

시인·수필가·소설가
1995년 월간문예사조,월간한맥문학,오늘의 문학에서 시와 시조,수필,
소설 부문 신인문학상을 받음
문집으로 [솔가리 향], [마음을 가다듬어 하늘을 열면], [그리움의 향],
[시인의 삶과 영혼의 소리]외, 3인공동시집으로 [시의 여울목에서]와 공
저 시집으로 [시의 날개 시의 품안에서], [옥로], 단편소설로는 할아버지
의 그림자. 간월도에서의 만남. 몽산의 메아리 외, 다수가 있음.
문단활동으로는 대한문인협회,전북문인협회,한국공무원문인협회,오늘
의문학회,한국소 방문학회,전라시조문학회,시학과시작가회,한글사랑작
가회원,(전)한국공무원문학협회사무국장,(전)한국공무원문학 편집위
원,(전)월간 민족정신 편집위원,(전) 한국공무원 문협 전북지회장, 시학
과 시 작가회 회장 역임, 한국공무원문인협회 이사,한국 미래문화연구
위원장, 시학과 시 문학상 심사위원.
철도청, 과학기술처, 전라북도청. 전북교육청에서 과장 역임.
대한민국 정부로부터 근정훈장 및 부총리, 장관표창을 받음

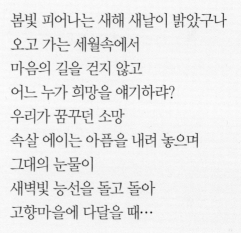

봄빛

송태성

봄빛 피어나는 새해 새날이 밝았구나
오고 가는 세월속에서
마음의 길을 걷지 않고
어느 누가 희망을 얘기하랴?
우리가 꿈꾸던 소망
속살 에이는 아픔을 내려 놓으며
그대의 눈물이
새벽빛 능선을 돌고 돌아
고향마을에 다달을 때…

우리들
물소리 굽이치는
인연의 푸른 옷깃을 세우며
봄 아지랭이 피어나는
먼 산
초록빛 무성할 날이 다가오면,

그대여,
무지개 빛 희망의 너울이 되어 오라
연초록 봄빛을
온 누리에 꿈꾸며…

꿈

송태성

노을이 지는 것을 아쉬워하는 것은
꿈을 포기하는 것이다.
내일이면 소멸될 꽃향기를 그리워함도
소망을 잃고 있음이다
드넓은 광야에서 초록의 꿈을 펼치는 것은
그 꿈을 더 키우고 내일의 희망을 노래하는 것이다.

머나 먼 우주의 세계에서 낙하한 점 하나가
어느 날 생명체로 진화하여
우리들 의지와는 다른 모습으로 우뚝 선 존재여.

따스한 봄날이면 만나고 싶은 사람이 있다
저녁 햇살이 물들면 그리워지는 사람도 있다
소리 없이 내리는 보슬비에 보고 싶은 사람이 있고
흰 눈이 소복이 쌓일 때면 걷고 싶은 사람이 있다.

가을날 사각대는 낙엽소리에
낙엽을 밟으며 고운 꿈을 펼친 사람아
그 아름답던 시간들이 다 가고 있다고 괴로워하는 사람아
우리는 단지 오늘이라고만 생각하자.

그 오늘에 충실한 것
그것은 오직 우리들 마음속에
희망어린 꿈을 설계하고
차곡차곡 쌓고 있는 것이려니 …

귀향(歸鄕)

송태성

이젠 돌아가야지
눈 뜨면 아지랭이 피어나던 그립던 고향 마을
둑길 따라 흩날리던 찔레꽃 향기처럼
초가집 마루에서 엄니 기다리는 그 곳으로…

늘 살아온 삶들이 얼마나 흔들리고 또 흔들려야만
그 그리운 자락에 닿을 수 있을까?

결코 헛된 발걸음은 아니었음이라 여기며
외로움 헹궈낸 지난 날의 눈물을 거두고
우리들 함께 모인 고향 동산.

그래그래, 아직 채우지 못한 우리들 유년(幼年)의 꿈과
선명하게 남은 추억들이여!
여기저기 헤매다 머나먼 길을 달려온 그 새로운 날들과
우리가 사랑하는 것들을 위하여
고향의 늘 푸른 향기처럼 오늘만큼은 저기 저 별도
우리들 마음을 알고 있을까?

이젠 돌아가야지
삶의 무게에 지쳐 힘들고 아파할 때도
비정한 현실에서 고향의 향기 벗 삼아
굳세게 살아왔음에 힘찬 축배의 잔을 들어라.
그 누구의 잎새가 되든
추억 어린 동심의 잔을 높이 들어라.

겨울비

송태성

추운 겨울이건만
눈꽃(雪花)이 되지 못한 차가운 빗물이
고독한 남자의 마음을 적신다
따슨 주막집에서 술잔이라도 비우노라면
나를 보는 사람들은 어찌 느낄까.

우수(憂愁)에 젖은 남자일까
초라한 노년 티가 묻어나는 남정네로 보일까?

따끈한 국물을 더해 주는 손길이 곱기만 하다
그저 말없이 눈빛이나마 정을 주고 싶은 여인네다
어쩌면 이런 날엔 밉살스러운 여인네라도
사랑할 수 있을 것만 같은 그런 날이다.

이렇게 겨울비 내리는 날이면
손 시린 빗줄기 사이로
한 점 그리움만 쌓여지는데.

여인아,
겨울비 내리는 이 밤을 건배하며
따스한 손이래도 살포시 잡는 법이나 배워 볼까
아니면 허물없이 마음 주는
순정(純情)이라도 배워 볼까?

겨울 도시

송태성

한 점 그리움의 짐을 내려놓고
오랜 시간 빗장 친 가슴에 달빛 내려 앉아
매서운 찬바람이 거리를 헤맬 때
고운 여인의 눈물이 눈물을 이끌며 떠나갔다.

숱한 길거리의 흔한 광고지 같은 존재들 속에서
자신을 태우면 한 줌의 재로 나올 육신이지만
내면을 휘몰아치는 강물처럼 산다는 의식은 무엇일까?

어느 것 하나
온전하게 마음 둘 곳 없는 혼돈의 차가운 도시
자신을 버리고 떠난 찰나의 낙엽들이
더러는 푸른 날개로 돋아 다시 몸을 헹구며 달려 올 때
밤새도록 열병을 앓은 사랑처럼 삶의 풍경들은
물위의 목선처럼 누워 있었다.

어느덧 불면에 시달리는 고난의 시간들을 떨구고
더러는 겨울의 도시들을 스케치하며
희미한 불빛들이 궁색한 밤을 몰아내는
세상 만물들이 침묵으로 물드는 시간들.

이윽고 새벽닭이 울면
세월 길섶에 무거운 삶의 짐 가득 내려놓고
비로소 대지 위에 피어나는 생명의 마라톤은 시작된다.
겨울 도시의 하루가…

신명철

국문학 전공
인향문단 등단
인향문단 동인 시화 참여
1집 〈하늘과 바람과 별과 시〉
2집 〈모란이 피기까지는〉
3집 〈그날이 오면〉
4집 〈해파리의 노래〉
5집 〈시인의 노래〉
6집 〈시詩의 침묵〉 작품 발표

가을강

신명철

여름이 끝나고 있었다
아침마다 안개는 길 위에 누워
가을이 오는 달래강
마른 물들을 우두커니 지켜보고 있었다
새는 보이지 않았다
나를 지켜보는 소리는 어디에도 없었다
귀를 기울여 본다
들강에 가득한 안개는
소리쳐 계절을 보내고
여름 꽃들이 지는 자리에서
무둑한 눈들을 가진 나무들이
안개 속에 새겨지고 있었다

생선에 대한 과찬

신명철

겨울 어둠속으로
떠나는 배를
보내고 돌아선다

물때를 잊고
포구를 나섰던
깃 빠진 조류의
울음 때문일 것이다

여러 번에 걸쳐 신고된
방파제의 균열 앞에서
길게 무너져 내린 허망들이
오래된 하꾸에 담겨
비리게 내쳐진다

무딘 칼에 얕게 잘린
갈치 토막들이
해빙기 부둣가 서리 바닥에
잘바닥거린다

하꾸 : '궤'의 방언
궤 [櫃]: 물건을 넣도록 나무로 네모나게 만든 그릇.

겨울 삼학도

신명철

새들의
언 울음이 들리는가요
아직 얼지 않은
바다가 있어 다행입니다
포구를 떠나는 뱃고동의
긴 울림이 멀어집니다
작은 물결들이 서성이고
떠날 시간이 남은
연락선 몇 척이
파도 위에서 흔들리고 있습니다
내 마음이 따라가지 않도록
부두의 굵은 사슬로
꽁꽁 묶고 있습니다

산동네

신명철

가파른 바람이
골목길을 가로지른다
오래된 기와들이 미리
햇빛을 받고 반짝이며
빨랫줄에 걸린
하루의 색깔에 붙는다
하품하는 고양이
흔들리는 줄 위에 서고
담 너머 국화 한 송이만
계절을 알린다
할머니의 낮은 노랫소리
달빛을 닮은 저녁밥 냄새
좁은 창문 틈새로
새어 나오는 절약의 불빛
유달산자락 품 안에
오붓하게 안긴 낮들의 햇살

이글루Ⅱ

신명철

마지막 조각을 닫았다

얼음벽 사이로
갇힌 호흡
차갑게 식은
손의 온도가
투명한 성에로 올라온다

희망은 또 썰물이 되어
얼어붙은 밤

북극의 바람은
갈라진 틈을 덮는다

신화경

포항에 거주하는 시인은 인향문단 시화집에 작품을
발표하며 등단하였습니다. 고향에 대한 깊은 애정과
세상에 대한 따뜻한 시선을 바탕으로 다수의 시를 창
작해왔으며, 그 속에서 인간적이고 진솔한 삶의 이야
기를 담아내고 있습니다. 현재도 왕성한 창작 활동을
이어가고 있으며, 개인의 고뇌와 사회적 이야기를 아
우르는 작품을 통해 독자들과 소통하려는 노력을 지
속하고 있습니다.

열린 문틈 사이로

소예 신화경

홍매화는 혈관을 뚫고
향기로 유혹 한다
잡을까 말까 수줍은 두 손
손끝만 간지럽히네

붉은 두 볼꽃으로 보인다
능청스러운 거짓말 시력 탓하고
꽃보다 이쁘다는 한 마디 말에
덥썩 잡은 손 놓을 수 없네

고요한 마음이 콩콩 뛰고
고고하게 감상하던 등짝에도
붉은 스카프 펼쳐놓았네

서산에 기우는 노을빛 장관
마음을 아는가 더 넓고 깊이
흩어진 하늘까지
불타오른다

문 열면 봄

소예 신화경

창문을 열고 봄을 만난듯
간절한 마음으로 닫힌 문을 열자
마음을 열면 누구라도 벗 되지

꽁꽁언 꽃샘 추위가 가시지 않고
보이지 않는 바람도 시샘하는지
나뭇가지를 흔들어댄다

청아한 홍매화는 눈꽃을 안은 채
살을 에는 추위를 견디며 피어나고
춘설이란 이름만큼 곱디고운
하얀 세상을 선물한다

들녘에 피어나는 꽃 사연들
물오른 생강나무도
산수유마저 봄을 그리워하며

닫혔던 마음을 어루만져 주려고
노오란 꽃피우고 매콤 쌉쌀한
향기 뿌리며
뒤따라 서둘러 오겠지

계절의 순환

소예 신화경

비가 내리는걸 보니
꽃도 피려나 봅니다

겨울의 차디찬 바람을
더는 견딜 수 없다고

봄은 꽃을 가득 품고
오는 길목에 문을 두드립니다

바람은 할 말을 다 하지 못해
롤러코스터를 타고 울부짖는 듯
칼바람으로 다가옵니다

봄에게 말합니다
오는 길이 험하고 힘이 들면
서둘러 오지 말고 느긋하게
분홍빛 두 볼 머금고 와도 된다고

마음이 녹는 봄
닫힌 가슴 활짝 열어두었으니
시간 여행자가 되어 들어옵니다

봄이 오는 소리

소예 신화경

봄이 창문에 걸터 앉아
팔 벌려 내려다보는 목련의 입술

팔 벌린 가지는 베란다
통유리에 기대어 키스를하고

분홍빛 커튼 속 안방에도
봄이 왔나 기웃거린다

쭈삣 내미는 입술과 윙크하는 눈매
봄을 알리는 인사이자 고백이다

안방을 침투한 햇살 요정은
어느새 문풍지 자르고
통 창문 펼쳐보니 지지배배
꾀꼬리도 들어왔네

꿈속에 본 어머니

소예 신화경

하늘에 별빛 걸리면
황금빛 달맞이 꽃으로
피어난 어머니 모습

바다를 내려다보며
포말이 휘감아 밀려오는
엄니 목소리 들립니다

고왔던 모습 그대로
어젯밤 찾아온 당신은
여전히 포근하며 부드러운 손길

국화꽃이 되기전 어머니
고스란히 옮겨놓은 듯
나는 여전히
어머니 품에서
천천히 피어나는 중입니다

이경화

1978년 경남 마산 출생이며 창원여고를 졸업하고 건국대학교 불어 불문과를 우수한 성적으로 졸업했다. 서울과 고향 마산에서 영어강사로 근무하며 학생들을 가르쳤다. 창원시보 시 부문 당선되어 등단을 했고 꾸준한 창작활동으로 인항문단 [시인의 노래] [시의 침묵]의 두 시집에 참여하며 자신을 독자에게 각인시켰다. 문학 블로그를 20년 운영하였으며 [아멘 여우의 블로그입니다]에서 최근 블로그 명을 [인류건국문화일보]로 바꾸고 문학 블로그겸 여러 다방면의 글들을 자유롭게 발표하고 있다.

꽃이 진다

이경화

꽃이 진다
꽃이 진다
나만 바라보던 꽃이 진다

꽃이 지고 난 뒤
너의 앙상한 줄기에
이파리만 몇 개
붙어 있다 해도

너의 꽃이 있었다는 걸 안
나는
너를 영원히 사랑할 것이다

학 鶴

이경화

학이 날아온다
우리 마을에

학이 짝이 아니다
혼자다

우리가 보면 외로워 보이지만
학은 아무렇지도 않게
논에서 긴 다리를 옮겨가며
유유히 걷고 있다

자세히 보니
그 옆에 채색 안 된 학이 있다

얼른 화가가
흰색을 칠해 줘야 할 텐데
그 화가가
얼른 내 옆에도 옆지기 하나
그려 주면 좋을 텐데

거울의 심술

이경화

모든 사람이 나를 사랑할 수 없듯
모든 거울이 날 아름답게
비춰주지 않는다

내 손거울은 날 예쁘게 보여주고
한 옷가게의 거울은 날 낯설게 비춰주고
깨진 거울은 그만 꺼지라 한다

거울속의 내가 진짜 내가 아님은
이제서야 눈에 찍어 바르고
입술에 찍어 바르고 하는
내 손길을 거두게 한다

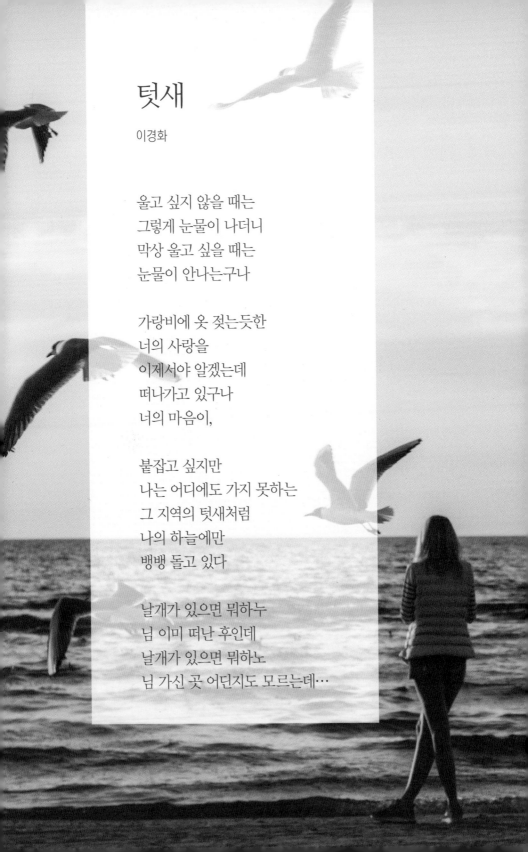

텃새

이경화

울고 싶지 않을 때는
그렇게 눈물이 나더니
막상 울고 싶을 때는
눈물이 안나는구나

가랑비에 옷 젖는듯한
너의 사랑을
이제서야 알겠는데
떠나가고 있구나
너의 마음이,

붙잡고 싶지만
나는 어디에도 가지 못하는
그 지역의 텃새처럼
나의 하늘에만
뱅뱅 돌고 있다

날개가 있으면 뭐하누
님 이미 떠난 후인데
날개가 있으면 뭐하노
님 가신 곳 어딘지도 모르는데…

커피

이경화

커피를 마셔도 마셔도
정신을 깨우지는 못하고

카페인 집나간
디카페인보다
나에게 맑은 정신을
주지 못해서

내 머릿속 잡념이
떨어져 나가지 않고
눈이 충혈되어
빨간 불이 들어와도

그만 마시라는 신호를
감지하지 못하네

연거푸 두 잔을
더 마시고 나니
오늘밤은
다 잤구나 싶다

이성식

71년 경남 밀양 출생
연세대학교 문헌정보학 전공
공무원 퇴직후 텃밭 경작

손님

이성식

하얀서리 내린 방에
흙베개 눈이불 덮어 잠들었는데
이불이 도망갔네

누운자리 걷어내고
이달에는 뿌리 뻗고
다음달은 싹 키워서
오월에는 꽃 천지에
벌 나비 불러다가 춤판이나 벌여보자

들인들 마당인들 화분이면 어때
담부랑끝 돌틈도 괜찮아
씨앗 한 톨 품어 준
너라면 어디든 방문할게

중년의 자화상

이성식

나는
퇴화 직전의 감수성에
멸종위기에 직면한 순수함
화석같은 동심과
서리맞은 풋고추에
시든 마늘 두쪽

흘러넘치는 양아치 기질과
주체못할 욕심들
감당키 힘든 아집과
구제불능 독선

가시 가득한 어금니와
냉소로 주름진 면상

오로지 오늘을 살아가는
나의 본질과 마주한다

인연

이성식

온 천지가
황사먼지 뒤집어쓴 채
죽상을 하고 있어도

양지뜰
구석구석
봄기운은 감돌고

설중 매화
함박웃음 시샘하듯
그렇게
오는 봄은
소리 없이 깃든다

사랑도
그러하다

변명

이성식

횟대에 올라앉은 늙은 수탉은
으스름 달빛에
회치려 목젖을 가다듬고
소파에 웅크린 중늙은이는
티비소리 자장가 삼아 새벽 잠을 청하네

부지런한 장사꾼은 여명에 길 재촉하며
천당 밑 분당에 건물주 되는
꿈을 키우건만

게으른 농부는 춘삼월 봄바람에
논밭 갈아 껄렁껄렁 곰배질을 해보지만
흩뿌리는 여우비 몇방울 옳타거니
무릎 박수 날리고
탁배기집 지분향내에 취하누나

조상님들 원망에 보낸 어제
세월탓 하며 흘린 오늘
내일은 무엇을 타박할꼬

내 몫이고 내탓인데

기다림

이성식

그저 파도만 기다려봅니다
오가기를 반복할 뿐
머물지 않았던 파도

크고 작은것 같이도 오고
때로는 겹쳐도 오가며
물보라 튕기고
허연 거품 뱉어놓기도하는
파도만 바라봅니다

행여나 다가오면 젖을까
뒷걸음질 치고

멀어지면 손끝에 잡힐까
쫓아가 보기만 여러번

발끝 손끝
한치 내어 줄 요량도 없으면서
흠뻑 젖어들고픈 욕망에
파도 오기만 또 기다립니다

유혹의 발자국은 백사장에 찍어두고
물 흔적 훤히 뵈는 언덕에 앉아

이신혜

이신혜 시인은 필리핀과 한국을 오가며 경험한 이국
적인 풍경과 정서를 시에 담아 창작하는 한편, 삶의
고통과 어려움을 극복해 나가는 과정에서도 시적인
영감을 얻고 있습니다. 시인은 이러한 작품들을 꾸
준히 인향문단에 발표하며 시인으로 등단하였고, 그
동안 썼던 시들을 모아 첫 번째 시집 [그리움도 함께
보낸다]를 출간하였습니다. 이신혜 시인은 앞으로도
새로운 문학적 도전과 탐구를 통해 삶과 세상을 노
래하며, 더욱 풍성한 창작 활동을 이어나갈 것입니
다.

먼길 보내고

이신혜

쪽빛바다 위에 앉아서
지는 석양 친구삼아
신선 놀음 한다더니

신선이 되어 하늘에 놀고 있네
석양이 물든 바다는
황금빛으로 일렁이고

소나무 사이로 바람은
스산하게 드나들고
텅빈 궁전은 공허함만 가득하네

금산의 큰 별 떠나는 날
바다도 하늘도 그리움으로
울고 있네 멀지않은 날 만나세

님은 갔어도 쪽빛 하늘은
쪽빛 바다는 여전히
붉게 물들어가네

겨울잠

이신혜

노랗게 은행잎
보도블록 위에
금빛으로 덮고 있다

먼 산 위에 단풍들은
하늘까지 붉게 노을을
불러들여
붉게 하늘을 불태운다

숨죽인 거리엔
플라타너스 한잎 두잎

툭툭 손바닥 크기에
바람 앞에 숨을 죽인다

나무는
겨울로 숨어든다

바다

이신혜

낮에는 너무 무료해서
마른 바람 소리에 자취를
더듬거렸고

밤에는 소나기처럼 쏟아지는
별들을 바라보며
까닭 없는 슬픔이 배인다

금산 구비구비 발 아래를 보니
안개를 거느린 높은 봉우리들이
바다위에 성처럼 떠 있다

하늘은 눈 비비며
태양을 불러 모으고
날마다 새롭게 태어나는 바다 저편

그렇게도 불러 보고팠던 내 그리움이
잡히지 않는 거리에 서서
바다 속으로 발길을 담근다

고향

이신혜

산자락 끝에 살며시 묻어둔
고향의 향기

이 길 돌아가면 반겨줄 바람
구름 등지고 달리던 언덕엔
은빛 억새가 춤추고

사그랑사그랑 낙엽들은
솔가지 사이로
겨울을 부르고

삶에 찌든 한 여름의 열기
한 줄기 비바람에
잠이 들었다

금산 바다

이신혜

금산 푸른 자락
파도 위에 남겨두고
구비구비 산길을 오른다
구름 위를 떠 다닌다

높은 산 계곡은 무더위에 지친
발자취를 씻어주고

갈매기떼
파도위에 그림자로 물들이고

통통배 물길 트며
바다 위 날을때
파도는 못잊어
나를 따르네

이은이

충남 보령 출생
2002년 성남시 여성 기예 경진 대회 수필 최우수
2002년 경기도 백일장 수필 장원
계간 한국 작가 등단 시 부문
성남 문인 협회 회원 (현)
월간 문학세계 수필 부문 당선
세계 문인 협회 정회원

그리움

이은이

스스로를 달래려
혼잣말이라도 해야 할까
허공에 대고 소리쳐 보아야
슬픔이 옅어질까

내리는 흰눈에게 불러보아야
그리움이 사라질까
어두운 밤하늘 차가운 달빛에
물어보아야 대답할까

마음속으로 삭히며
아쉬움을 삼키며
켜켜히 쌓인 말 못한
사연들을 떠올려본다

눈물이 그렁그렁 맺힌 눈동자가
우두커니 창문을 바라보니
어느덧 동녘 저편에
새벽이 밝았다

서성이는 여자

이은이

예수를 흠모하는 한 여자가 있어
골고다 언덕 위 십자가 밑을 서성입니다
아버지여
내 뜻대로 마옵시고
주의 뜻대로 하옵소서

기도를 마친 예수는 고개를 떨구고
십자가 밑의 여자는 허망한 눈을 들어
가시 면류관을 쓴 예수를 봅니다
삼일 밤낮을 천둥과 번개를 치며
땅이 갈라지고 하늘이 웁니다

로마 병사가 예수의 옆구리를 찌르자
보혈의 붉은 피가 흘러 내리고
십자가에서 끌어 내린 싸늘한 주검을
서성이는 여자는
치마폭에 감싸 안습니다

아버지여
그를 푸른 초장에 뉘이시고
저를 데려가소서
그녀의 기도가
예수의 얼굴에
눈물되어 떨어집니다

삐에로
- 어느 가수에게 바침 1

이은이

내가 웃게 해줄께요
나를 웃게 해주오
움찔거리며 깨어난 감성
솟아 오르는 감정의 편린들
그대없이 나는 느낄 수 없음이요

슬퍼도 즐거운 듯 웃고
기뻐도 슬픈 듯 우는 삐에로여
감정의 가면을 써야 하는 운명
불러야만 살 수 있는 그대는
나를 낭만의 숲속으로 데려간다오

오! 삐에로여
나의 감성이여
웃고 슬퍼하며
노래를 불러주오
그대없이
나는 숨쉴 수 없음이요

오동도에서

이은이

사랑하는 이의 뒤로
피어난 하이얀 뭉게구름 아래로
쏟아지던 햇살을 기억하니
그렇게 너는 내게로 왔었다

진홍색 동백꽃이 수줍게 피던 날
나의 볼도 첫사랑 앞에서
주홍빛으로 발그레 물들었다

어디로 갔는가
그날의 바다와
동백꽃은 여기 있는데
너를 추억하는 한 여자의 뺨을
이른 봄의 바다 바람이
스치고 지나간다

그 때를 기억하라며
그 날을 그리워하라고
그 정을 떠올려 보라며
마음껏 보고파 하라고

그리워하면 물거품되어
하늘 위로 산화되는
인어 공주의 슬픈 전설
간직한 오동도에
햇살은 부서지고
바람은 살랑거린다

수평선 저 끝까지

너의 결혼식

이은이

붉은 레드 카펫이 깔려진 약속의 길을
정중한 예장을 입은 그가 걸어 나온다
그 옛날 환한 빛으로 내게 걸어왔던 너를
애써 무정한 얼굴로 바라본다

우리 처음 만난 날 흐드러지던
아카시아 닮은 순백의 드레스 입은
신부와 나란히 서 있는
그의 목덜미가 한없이 길기만 하다

인연의 화살이 과녁을 빗겨간 것은
신이 결정한 장난이라 자위했다
인간의 힘으로 할 수 없는 일이라면
피조물인 나는 조용히 따르리오

사랑아
떠나가는 나의 사랑아
커튼 뒤에서
흐느껴 울기라도 할 수 밖에
행복은 빌어주마
부디 행복하지 말아라

이윤례

1960년 전주에서 태어나 현재 경기도 광주에서 살고 있습니다. 창문 너머로 우거진 숲을 바라보며 하루하루를 즐겁게 살아가고 있는 시인은 자연의 아름다움 속에서 삶의 영감을 얻고 있습니다. 남편이 정년퇴직한 이후 봄과 가을에는 함께 캠핑을 다니며, 그 여정에서 글의 재료를 찾아오는 특별한 일상을 보내고 있습니다. 시인은 인항문단 시화집에 작품을 발표하며 등단하였으며, 현재도 왕성한 창작 활동을 이어가며, 삶의 순간들을 시로 기록하여 독자들과 소통하려는 열정을 보여주고 있습니다. 특히, 자신의 첫 번째 창작 시집을 준비 중에 있으며, 이를 통해 더 많은 이들과 감동을 나누고자 합니다.

예쁜 모자

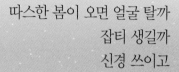

이윤례

따스한 봄이 오면 얼굴 탈까
잡티 생길까
신경 쓰이고

눈에 보이지 않는 빛을
막기 위해
예쁜 모자 꺼내놓네

따스한 햇살 비쳐 오는 날
어떤 모자 쓰고 나갈까
기다려지네

어느 날 살며시
바람이 꽃향기 가득 싣고 찾아와
꽃구경 가자 한다

난 예쁜 모자 쓰고
나가 보렵니다

풀벌레 소리

이윤례

들풀들의 세상에서
앙증맞은 들꽃 사이로 오가며
살아가다

바람이 연주하매
들풀들 즐거워
춤을 추자

풀벌레 아름다운 선율로
맑고 고운 소리가 길위로 흐르다

창문 너머로 들어와
집안 가득 차오른다

세월

이윤례

세상에는 해와 달이
화살같이 흐르고
세월은 물 흐르듯 흘러가도
그대가 늘 함께 있어
행복 합니다

청아하고 곱게 세월이 흐르기를
고운 향내가 나는
사람이었으면 좋겠습니다

내 인생의
시간은 흐르고
머리에는 세월이 내려 앉아 있고

세상에서 제일 좋은 친구와
따뜻한 손 마주잡고
어깨를 나란히 하며
그 길을 걸어 갑니다

벚꽃

이윤례

시골 길가에
피어있는 벚꽃
가까이서 보고 싶어

지나가는 차 멈추고
많은이들 서성이며
꽃에 마음이 빼앗겨
인생샷 남기고

화사한 꽃을 보며
피어 오르는 미소
아름다워라

살랑살랑
부는 바람에
꽃잎 휘날리어
풀섶위에
꽃 피운다

풍경소리

이윤례

숲속을 걷다
들려오는
정겨운 풍경소리

고요하고 적막함을 깨우는
산들바람이 불어와

맑고 청아한 소리로
연주를 한다

고운소리
바람에 실려
울려 퍼지네

이윤희

시인, 경기도 수원 거주
논술학원 강사 15년
제5회 전국 시조·가사문학 시부분 당선
제4기 수원 남창동 최동호 시창작 교실 수료
문예감성 제8회 신인문학상 시부문 수상
문예감성 문인회 사무국장,
예감 회원

목련의 오후

이윤희

무료함만 켜 놓고 일나간 집들
글을 쓰다 나는
인기척없는 신발을 신고
호흡 가파르게 깔딱 고개가 있는
수원 팔색길을 오르 내렸다
산 목련 나무 마디 굵은 손이
오래거나 갓 핀 꽃송이를 새어보다
흐릿하게
시야가 확보되지 않은 눈은
사람과 나무의 형체만 보일 뿐
알아 볼 수 없었다
하얀 방에
산 목련을 데리고 들어온
나는
서걱 서걱
밥알을 씹는다

감씨가 목에 걸리다

이윤희

늦은 저녁 퇴근을 하고 배가 고파 먹은 단감
목에 걸린 감씨 한 개
넘어가지도 넘어오지도 않은 딱 그 만큼의 경계
컥컥 기침을 해도 도통 움직일 생각을 않는다
기다리다 기다리가 지쳐
맥없이 등을 기대고 누워
왜 울음의 꼬리를 쫓아 가야하는가
축축해져 가는 창틀에 고인 검은 눈물은
달빛을 불러오고
뒤틀린 골목길을 지나쳐
오래 캄캄하던 생각은 괜찮다고 토닥토닥
먼 곳을 헤매다 돌아온
깊고 푸른 삶의 뼈
부딪히며 지는
배고픔에 적막이 깃들고

이쪽에서 저쪽으로
넘어 갈 수도
넘어 올 수도 없는 나

디저트

아르바이트를 끝내고 돌아오는 길
버스 정류장에 있는 복권 가게에 들러
즉석 복권을 사왔다
컵라면으로 보채는 허기를 달래주고
디저트로 야무지게
스피또 즉석복권을 긁는다
1등이 아니어도 2등만 해도 좋으련만
디저트를 괜히 먹었나 싶기도 하다
욕심 때문에 살만 찌고,
살이 쪄서 우울한 기분을
무엇으로 달래야 할까?
설거지 그릇에 담가 놓은
수저와 그릇을 씻고
일찍 자리에 누워 본다
쉽게 잠이 오지 않는다
잠을 쉽게 보기 때문이다
생각과 생각을 둥글게 굴려
자꾸 뒤척이다 보니
다른 계절이
깜박 깜박 졸고 있다

스물 다섯 자의 시

이윤희

오백원을 내고 탄
버스 안

때가 묻은
손잡이

고리 안으로 본
세상

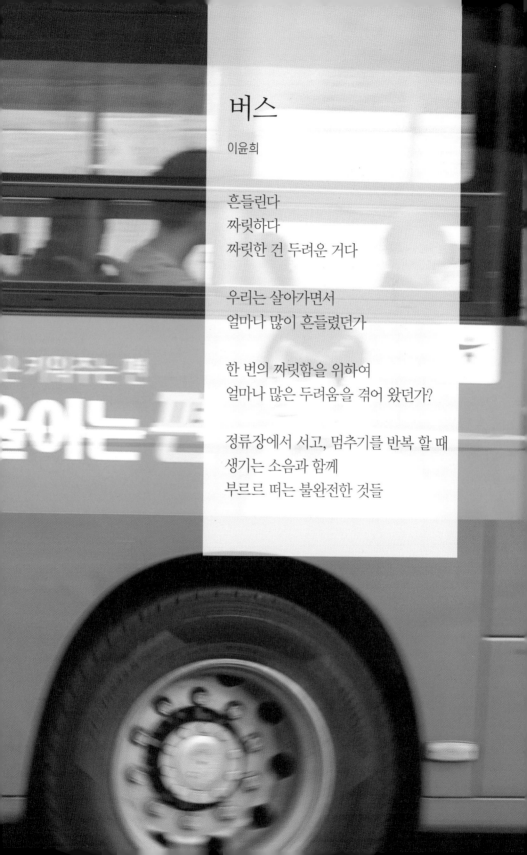

버스

이윤희

흔들린다
짜릿하다
짜릿한 건 두려운 거다

우리는 살아가면서
얼마나 많이 흔들렸던가

한 번의 짜릿함을 위하여
얼마나 많은 두려움을 겪어 왔던가?

정류장에서 서고, 멈추기를 반복 할 때
생기는 소음과 함께
부르르 떠는 불완전한 것들

장희준

장희준 시인은 인향문단 시화집에 작품을 발표하며 시인으로 등단하였습니다. 시인은 창작에 대한 뜨거운 열정을 바탕으로 '1일 1글쓰기'를 몇 년째 실천하며 왕성한 창작 활동을 이어가고 있습니다.

현재 유통업에 종사하면서 작가로서의 새로운 삶을 개척하고 있는 장희준 시인은 삶과 세상에 대한 깊은 통찰력을 바탕으로 다양한 관점을 담은 글쓰기를 통해 독자들과 소통하고자 합니다.

홍매화

장희준

나를 찾아왔다는 님
붉은 자태가 황홀하고
섹시 하네!

님 보고픈 마음이
얼마나 간절 했길래
온 가슴 피멍이 다들도록
긴 겨울 기다리셨나?

조그만 기다려 주오.
님을 만나러 지금 달려 갈테니
만나서 님의 그 붉은
입술에 기다린 시간만큼
뜨거운 키스를 퍼부어
줄테니 기다려 주오.

만나서 님의 그 붉은
입술에 기다린 시간만큼
뜨거운 키스를 퍼 부어
줄테니 기다려 주오.

입춘

장희준

아직 떠날 때가 안 됐는데
영하 7도 마지막 남은 힘을 힘껏 자랑해 본다
아직까지 내 계절이 다 가지 않았다고

문 밖에 와있는 봄
문을 열다말고 화들짝 놀라 돌아선다

우수가 코앞인데 이제 짐을 싸야지 하면서도
아직은 미련이 남아
마지막 심술을 부려본다

고놈 참 당찬 겨울
2월 5일 07시 부산 서낙동강

언저리 청둥오리가
차디찬 강물에 즐겁게 노닌다

숨소리

장희준

몸이 아프다는 건
세상에 대해서 조금
더 겸손해지라고 하는
배려

고통이 기다리지 않아도
찾아오는 건
마지막 화려한 꽃을 피우기 위한
신의 작은 배려

다가가면 자꾸만 멀어져 가는
사랑하는 사람의 발자국처럼
하늘 별만큼 무수히 많은 날이
아프고 고통스러운 후에

사랑하는 당신의
여린 숨소리가
내 품안에서
팔베개 하고
잠이 들었습니다

상실

장희준

안에 이런게 들어 있었나
환갑이 목전인데 모르고
살다가

이제야
이 뜨겁고 아리고
혼란스러운 내 안 어딘가에서
불숙 왔다가 가버린

실체를 알수 없는 감정의
소용 돌이가
칼처럼 날카롭게
용광로 처럼 모든것을
녹여 버리고 사라진다

너를 만나러 가마

장희준

새하얀 속살 드러내고
나를 유혹하는 너

그 교태와 앙증 맞고 귀여운
젖봉우리를 스다듬고 어루만지며
너의 향기에 취해 보련다

곧 너를 찾아가마
탱탱한 너의 새하얀 볼에
입맞춤 하고
탐스러운 속살과 향기에 취해

겨우내 얼었던 봄눈 녹아
내리듯 사랑하는 님
우울한 마음도 녹아 내리길

너에게 가마, 원동 매화야!!

정원영

부평에서 태어나 서울에 이주해 살았으며 현재
인천에 거주하고 있는 시인은 1960년생으로, 전
업주부로서 다양한 삶의 경험을 바탕으로 왕성
한 창작 활동을 이어가고 있습니다. 시인은 인향
문단 시화집에 작품을 발표하며 등단하였으며,
현재는 개인 창작 시집을 준비하고 있습니다.

초봄

정원영

나무들의 숨소리가
바람결에 흩어지는
꽃샘추위의 들녘

이슬이 되어
사라지는
물안개의 흔적은
잠든 새벽의 문을
두드리네

가슴속 깊이
울렁이며
살며시
다가오는
그리움의 발걸음 …

새벽

정원영

숨 죽이며
동터오는
창조의 시간

쓰라린 상처의 아픔도
그리움으로 얼룩진
애달픈 사랑도
캄캄한 암흑의
미로속에 갇혀
또다시 꿈을 꾸는
잠든 영혼의 속삭임

달빛은 아스라이
가슴 속내를 비추며
떠나가고
정적을 깨우는
소리없는 고요만이
또 다른 오늘을 위해
서서히 서서히
빗장을 연다

벽시계

정원영

우리가 사는
소우주의 세상

끊어질 듯
끊어지지 않는
심장의 맥박
창문밖을 넘지 않는
잠든 영혼의 숨소리
쉼없이 달리는
마라톤의 질주

너와 내가
살아가는
공존하는
갇힌 세계의 일상

너와 내가 사는…

세월

정원영

잠을 깨우는
타종소리

덧없이 흘러가는
새해 벽두의 초침은
시공간을 가르는
화살이 되어
쏜살같이 달려가고
남아있는 한 자락

마음을 붙잡고
바람의 벽을
타고 넘으며
종횡무진 …
앞으로 나아간다

꺼지지 않는 바람의 불씨도
잔잔한 허공에 날을 세우고
깊이 잠든 영혼을 잠재우며

내일을 향해
내일을 향해
끝없이 나아간다

별밤

정원영

밤하늘에
한 점 꿈으로
피어난 너

맑은 이슬 머금고
가슴엔
꽃씨 하나 품고
살아가는

영원한
불멸의 너

조인식

2011년 한맥문학 시 신인상 등단
2015년 [별다리를 건너 시가 되다] 시집 발간
2015년 시화전 3회

도란도란

조인식

지나가는 세월이 아파도
봄 바람이 분다고
그래서
눈비 올 것 같아서
혼자 있었다고
외로워서
손 잡고 싶었다고
세월은 말없이 지나 간다고
하늘 향해 깊은 기도 올리다가
눈잠 들었다고
허잡한 일상
둘이서 도란 도란
뒤돌아 보지도 않고
가는 세월이 아프다고
오늘도
주름진 두손 꼬옥잡고
가느다란 기도소리

소근
소근
도란
도란

봄이 미소 짓는 소리

비 오는 밤

조인식

나에게 숨소리 뒤에
침묵할 기운이라도
남는다면

지우고 싶은 것들
조화롭게 닦아내고 싶다
움트는 봄의 색으로

침묵 뒤에 눈 깜빡할
작은 힘이라도
남는다면

흔적없이 지우고 싶다
비 오는 밤이면
봄바람 한줌 미소로

내
지나온 인생
길을

한 모금

조인식

밤이 가는 소리
완벽하게 들리면
갈망으로 목이 탄다

한 모금

한알의 씨앗에서 자란 나무
생명수 되어
아침 이슬로 떠난다

아아린 은빛

조인식

이렇게 축복이 내리는 날
미루나무에
여리게 핀 유년의 꽃

수시간만 더 피워 있어도
황홀한 찬란한 경지를
천국의 하얀사람들 끼리

감사의 눈사람 만들수 있었다는 걸
고요의 설렘으로 우리 만나자
하얀 하늘 새 땅 평화와 함께

모여 사는 곳에서

내가
너를 사랑하는지는
나만
알고 있음이고

아아린 은빛 눈의 색은
너만 알고 있음이다

연필그림

조인식

겨울바다는 나로부터 시작하여
봄을 기다린다

수평선 위엔 겨울을 모르는
바위새 한마리
물속으로 쳐박힐 때
깨어지는 얼음 물소리
한두 송이 꽃 되어 피는데

봄을 기다리는 이끼바위
진달래 빈 가지는
빛 가운데로 일어나 걸어간다
맑은 태양을 보러

희미한 연필 끝에 여린 자욱
흔적에 젖는다

바라보는 겨울바다 멀리 작은 배 한척
하얀 물점으로 남는다

연필로 그린 미미한 선율로 다가오는
겨울바다 뒤에 오는
그림 한장

현주신

대전 출생
대전 여자 중학교 졸업
충남 여자 고등학교 졸업
목원대학교 불어불문학과 졸업
(주) 대교 어문교사 근무
인항문단 시발표 등단
애월 향기문학 동인 활동중

돌아서는 사람

현주신

우리가 가깝게 지냈던
형제자매

천진난만했던 어린시절
따스한 마음으로 서로를 사랑하고
의지했던 사이

정작 성인이 되고난 후
오히려
남보다도 불편하고 멀어지는
이유는 무엇인지

자신만을 위한
왜곡된 사고와 이기적인 탐욕을
버리지 않는
내 마음을
힘들고 아프게 하는
부담스런 사람으로 변했더라

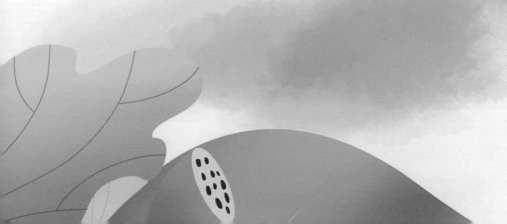

제주 바다

현주신

멈출줄 모르고 밀려오는
푸른 파도에 떠밀려
갯바위는 날마다 몸을 씻었지

추위로 몸을 움츠려야만 하는 한겨울에도
날마다 푸른 파도에 몸을 씻었네

다섯 달은 세찬 바닷바람에
추운 계절이지만

하얀 물거품 날 때까지
파도가 새까만 바위를 씻으라 하네

춘설

현주신

밤 사이에 소리없이도 모른척
하얀 눈 내리고 떠나가 버렸네
나 지금 먼 길을 떠나간다고
고별식으로 다녀간 게로군

그대가 무척이나 보고 싶어도
이제 다시 만나기는 힘들겠지
그대 눈물 지으며
먼 곳으로 길 떠난
겨울 아침

겨울비에 비 젖은 손수건만
내 두 손에 꼬옥 쥔 채로
이젠, 지워야 한다

하얀 빛깔 추억으로만 남겨질
온통 눈이 쌓인
새하얀 이 풍경마저도

내 가슴 속에서 끝없이 내리는
그대라는 춘설과 함께
영원한 시간 속에 같이 묻는다

갯벌 풍경

현주신

바지락이랑 백합 조개 캐러 썰물에 드러난 갯벌에
걸어서 들어가 보았지

바다 밑 갯벌 아래에 작은 굴을 파고 살고 있는
수많은 작은 게들의 동그란 구멍집들

조그만 게들이 바닷물 바깥 세상
푸른 하늘과 하얀 뭉게구름이 신기한듯
두 눈을 세우고 구경하네

시원한 바닷바람에 뽀송뽀송 몸을 말리며
갯벌 위로 요리조리 달리기라도 하는듯 즐겁게 놀다가

나그네들 걸어오는 발자국 소리가 가까이서 들려오니
한순간에 갯벌 밑
깊고 어두운 구멍집으로 모두 다 숨어버리네

청포도

현주신

청포도의 나무 모양은
살짝 비틀어진 나무에서 초록색 덩굴이
꼬불꼬불 말리면서 뻗어나가고

산들바람 불어오는 봄부터
초록빛 구슬이 조롱조롱 달리고
점점 포도송이가 자라나서 새콤해지고

포도송이가 묵직해지고
한쪽은 살짝 보랏빛이 날 때
진한 포도향과 단맛이 나네

은근슬쩍 한 두 알씩 살짝 따먹어도
포도향이 진하고
새콤달콤 싱그러운 그 맛이 입안에 가득 고이고
행복한 미소가 자꾸 나오고
기분이 좋아지고 상쾌해지네

경기 광주 문학

김혜숙
백덕심

김혜숙

경기 광주출생
경기광주 문인협회 회원
(경기) 광주문인협회 신인문학상 시 부문 당선
(경기) 광주문인협회 정회원
시인, 동화구연가 (도서관 동화구연가)
현 : 엘리스 동화 인형극단 회원
(경기) 광주시 초등학교 설화강사

늙은 호박

김혜숙

넓은 세상 둥글둥글 살아가는 사람들은
나를 이야기 한다

황금색으로 물들인 옷을 입는 나는
몸통과 허리가 구분이 없다

못생겼다, 외면 당해도
서럽거나 기죽지 않는다

단단한 겉과 달리
내 속은 홍시처럼 부드럽다

울타리 아래
숨어 있다가
배고픈 사람 만나면
아낌없이 내어주는

나는 늙은 호박

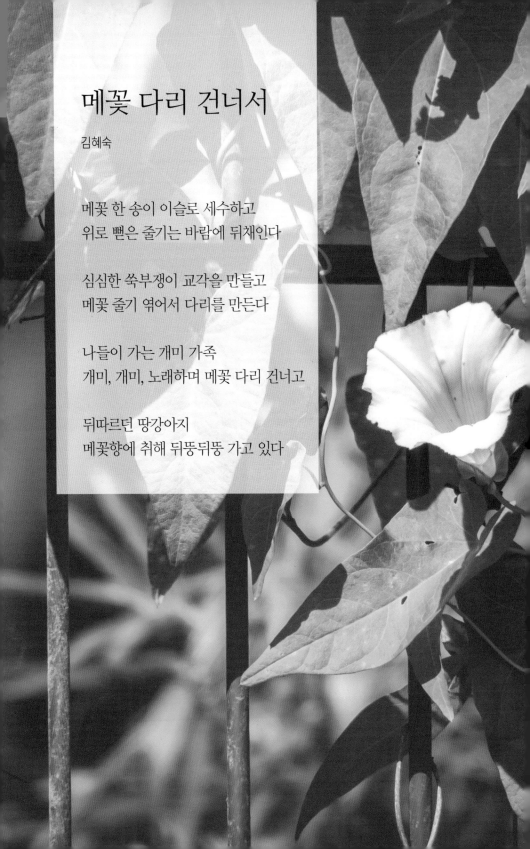

메꽃 다리 건너서

김혜숙

메꽃 한 송이 이슬로 세수하고
위로 뻗은 줄기는 바람에 뒤채인다

심심한 쑥부쟁이 교각을 만들고
메꽃 줄기 엮어서 다리를 만든다

나들이 가는 개미 가족
개미, 개미, 노래하며 메꽃 다리 건너고

뒤따르던 땅강아지
메꽃향에 취해 뒤뚱뒤뚱 가고 있다

풀꽃인줄 알았는데

김혜숙

들깨 모종하는 날
몰래 숨어온 씨앗 한 알
땅속에 숨었다

새싹 노란 부리 내밀 때
가만히 두었더니
깻잎보다 키가 훌쩍 자랐다

잡초 뽑으려고 들여다보니
파란 꽃 피우며
도도하게 웃는다

풀꽃 인줄 알았더니
이름이 있었구나 ,
달개비 꽃

도깨비 바늘

김혜숙

노을 머문 저녁길
잠자리 날개짓에
무심코 따라 갔다가
붙어온 도깨비바늘

떼어내고 떼어내도
상처를 덧낸다

아무런 눈길 받지 못해
볼품없이 피고 지던 작은 꽃
한 맺힌 서러움에
도깨비 바늘이 되었나

아픈 추억도 그리움 되어
도깨비 바늘로 붙어있다

섶다리

김혜숙

묵정밭 일구어 고랑고랑
참외 심던 어머니
허리 한번 펼 때마다
먼 하늘 바라보았지

잡초 뽑고 김 매주어
여린 참외 익어갈 때
흐르는 땀 닦으며
눈시울 붉어졌지

석양에 흰 적삼 물들이며
우리 남매 기다릴까
큰 광주리 머리에 이고
잰 걸음으로 건너시던

섶 다리에 기대 앉아
어머니 그려본다

백덕심

서울 출생
2021년 (경기)광주문인협회 신인문학상 시 부문 등단
2024년 리더스 에세이 수필 신인상 등단
현) 경기 광주문인협회 행사국장
동화구연가
엘리스 동화인형극단 단장
인형제작 활동

봄의 수채화

백덕심

엄동 지나
저마다 갈색토 드러낸 삼월

겨우내 이웃의 안부 물으며 구부정 나와
흙위에 여장을 풀었네

호미질 쟁기질 파헤쳐진 갈색토 위에
봄이 와 눕는다

연록 물감 흩뿌려 난 치니
떨어지는 곳 마다 지천에 초록

봄비

백덕심

이 좋은 상춘지절(常春之節)에
고요도 머뭇거리는 춘야삼경 깊은 밤
꽃을 당겨 끄는 발자욱 소리

꽃비인가 단비인가
아니 님의 발자욱 소리

오늘밤 봄비에 마당 너머
대낮 같은 하얀 벚꽃이
옷벗어 놓고 말갛게 목욕하네

먼길 떠나려고

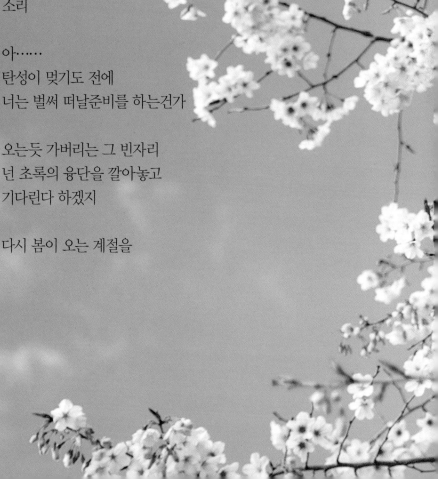

떠나는 봄

백덕심

그 무덥던 지난 여름
가을이어서 외롭던 시절
가슴까지 추웠던 겨울의 기억들

긴 기다림이었다
이 봄 꽃들을 보려고
햇살 아래 부서지는
소리

아……
탄성이 멎기도 전에
너는 벌써 떠날준비를 하는건가

오는듯 가버리는 그 빈자리
넌 초록의 융단을 깔아놓고
기다린다 하겠지

다시 봄이 오는 계절을

겨울바람

백덕심

나무가 추워
바람이 살짝 손 한번 잡아보자 해도
덜덜

냇물이 추워
바람이 함께 달려 보자 해도
꽁꽁

달이 안 추운척 하얗게 벌고벗고 나와
바람에게
숲속 갈잎으로 이불이라도
만들어 주었으면 하네

당나귀

백덕심

나는 당나귀입니다
명마를 부러워했던 작은 당나귀입니다

어느 날 그분이 날 찾으셨습니다
그곳에서 그분을 기다리라고

이해할 수 없었습니다
나는 그분을 태우기에는
너무 작고 짐이나 싣는
당나귀 일뿐인데

내 보잘것없는 등 위에
그분을 태웠습니다
사람들 눈에 나는 안 보여도
행복했습니다
그분이
진정 나의 주인이시기 때문입니다

나는 이제 명마를
부러워하지 않습니다
그분이
날 선택하여 주셨기 때문입니다

인향문단 특별초대석

김혜숙
박효신

인향문단 특별초대석에는 시인이며 동화구연가인 김혜숙 님이 동화를 보내오셔서 짧은 동화 1편과 인향문단의 자문 위원이신 박효신 시인 님이 "다시 봄을 기다리며 시화집 발간을 축하하며" 봄에 관련한 시 5편을 보내와서 수록하였 습니다.

김혜숙

경기 광주출생
경기광주 문인협회 회원
(경기) 광주문인협회 신인문학상 시 부문 당선
(경기) 광주문인협회 정회원
시인, 동화구연가 (도서관 동화구연가)
현 : 엘리스 동화 인형극단 회원
(경기) 광주시 초등학교 설화강사

아기바람의 꿈

김혜숙

어느날
바람이 휘잉…
산골짜기를 찾아와서
작고 예쁜 아기를 낳았어요.
따스한 봄날이 되었어요.
엄마 아빠 바람과 함께
나들이 나온 아기바람
우와… 내 몸이 둥실둥실 떠올라요
그 모습을 본 엄마바람은 말했어요.
아가야…
천천히 네 몸을 공기에 맡겨보렴

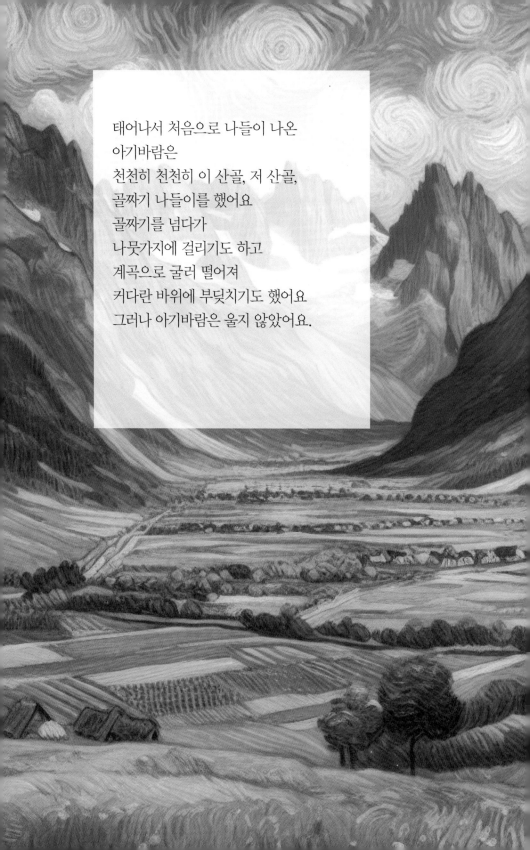

태어나서 처음으로 나들이 나온
아기바람은
천천히 천천히 이 산골, 저 산골,
골짜기 나들이를 했어요
골짜기를 넘다가
나뭇가지에 걸리기도 하고
계곡으로 굴러 떨어져
커다란 바위에 부딪치기도 했어요
그러나 아기바람은 울지 않았어요.

골짜기 이곳 저곳을 다니던 아기 바람은
계곡에서 아기얼음을 만났어요
아기얼음은 힘없는 소리로 이야기 했어요
난 이제 녹아서 없어질거야
아기얼음아, 무슨 소리야!
난… 네가 부러운데
으응… 부럽다니…
네가 녹아서 물이되면 계곡으로 흘러서
넓은 강으로 그리고 바다로 갈 거야
많은 물고기들과 새들도 만나게 될 거야
아기얼음아…
생각만으로도 가슴이 두근거리지 않니?
어어… 그래
아기 바람아 고마워…

아기 바람은
언덕아래로 천천히 내려갔어요
그곳에서 민들레 꽃씨를 만났어요
안녕… 난 아기 바람이야… 반가워!
그러자 민들레는 말했어요
여긴 너무 답답해!
나를 저기 넓은 벌판으로 데려다줄래
응… 알았어 데려다 줄께
아기 바람은
민들레 꽃씨를 등에 태워
넓은 벌판에 내려 주었어요
고마워!

여행을 마친 아기바람은
엄마 아빠를 만났어요.
호호 귀여운 아가야
혼자 여행을 하니 어땠니?
엄마! 아빠!
세상은 신기한 것들이 많아요.
그리고 친구들도 만났어요
우리 아가…
이제는 네 마음껏 날아보렴
엄마 아빠가 응원할게.
아기 바람은 엄마 아빠의 응원에
하늘 높이 날아 올랐어요.
휘잉… 우와 내 몸이 더 높이 떠올라요.
넓은 세상이 다 보여요.
엄마 아빠 이젠 두렵지 않아요
그래 아가야!
네 마음껏 세상을 훨훨 날아보렴
아기 바람은 넓은 세상을 향해 높이 높이
날아올랐어요.

BABY WIND

박효신

인향문단에 시를 발표하며 등단하였고 인향문단 잡지에 초대시인으로 참여하였으며 인향문단 시화집 1 2 3 4집에도 참여하였다. 인향문단 편집위원이며 인향문단 자문위원이다. 마운틴TV 시공간 명예의 전당에서 대상을 수상하였다. 시를 꿈꾸다 3집 동인지, 한줄의 꿈 2-캘리 동인지에 참여하는 등 왕성한 시작활동을 통하여 첫 창작시집인 [나의세상]을 발간하고 두번째 시집 [내 눈에 네가 들어와], 세번째 시집 [너의 그리움이 되어], 네번째 시집 [나의 그리움을 만나고 싶다]를 발간하였다.

봄나들이

박효신

봄이 왔단 소리에
봄마중 나가봤지

햇빛은 쨍쨍
바람은 솔솔

신바람 넛바람에
봄나들이 즐거워라

코끝에 와닿는
싱그런 바람

비릿한 바닷바람

봄은 詩가 된다

박효신

봄이 있기에
꽃은 피고 지고

내가 있기에
노래가 있고

봄은
詩가 되어 나를 부른다

봄은 참 맛있다

박효신

봄은
싱그러운 연초록

이른 봄부터 늦봄까지
들로, 산으로…
연초록을 찾아다닌다

뜯고, 부치고, 무치고
장아찌도 만들어본다

봄은 참 맛있다

봄이라고

박효신

봄이라고
모든 꽃 피는 건
아니다
인생 또한 각기 다르듯
꽃도 계절 따라
자기 몫이 있는 것이다

얼음 속에서 피는
복수초가
있듯이

인생도 각자 자기 몫에
있는 것이다

봄날의 왈츠

박효신

봄의 소리가 들리나요

햇살이 부서지는 소리가
들리나요

햇살 부서지는 소리
너무 작아서
눈으로만 들을 수
있어요

새싹이 심장 뛰는 소리가 들리나요
새싹의 심장 소리
너무 작아서
느낌으로만 들을 수 있어요

오늘
봄의 왈츠가
숲속에서 올려 퍼지고

연초록 잎 톡톡 터져
싹 틔우는 소리에
귀가 간지러워요

인향문단 시선 시리즈

숲속의 아침
유영철 | 12,000원

바람의 여행
이서연 | 10,000원

풍경 속에 내가 있다
김점예 | 10,000원

나의 세상
박효신 | 12,000원

아직도 남은 이야기
이정관 | 12,000원

누군가 그 길을 가고 있다
박완규 | 10,000원

산다는 것은
박귀옥 | 12,000원

키 작은 소나무길
김미숙 | 10,000원

나는 가끔은 네 생각 하는데
조덕화 | 10,000원

내 노래에 날개가 있다면
김은영 | 10,000원

내 눈에 네가 들어와
박효신 | 12,000원

이화동의 바늘꽃 1
이인희 | 13,000원

내 인생의 그날
최인호 | 12,000원

이화동의 바늘꽃 2
이인희 | 13,000원

금비나무 레코드가게
김해돈 | 12,000원

새날을 기다리며
양영숙 | 12,000원

술 취하면 그대 떠올라
김현안 | 12,000원

시인의 운명
김현안 | 12,000원

솜틀집 막내아들
김현안 | 12,000원

마음여행
김현안 | 12,000원

술 취하면 그대 떠올라
김현안 | 12,000원

첫눈처럼
김현안 | 12,000원

목련이 피면
김현안 | 15,000원

이화동의 바늘꽃
김현안 | 12,000원

그리움에도 꽃이 핀다
김현안 | 12,000원

풀잎 이슬
김병근 | 10,800원

사랑마실
김남용 | 10,800원

소사벌에 배꽃이 필때면
최인호 | 10,800원

함께하리라
김 희 | 10,800원

사랑하는 마음
김월한 | 13,500원

봄 여름 가을 그리고 겨울
송인숙 | 13,500원

청춘이 떠나가버린 어느날
문동림 | 9,000원

노을 속에 묻어둔 그별
김은영 | 10,800원

바람꽃
김병효 | 10,800원

시산도
김병효 | 10,800원

나의 그리움을 만나고 싶다
박효신 | 12,000원

무등산의 가을
윤월심 | 12,000원

그리움도 함께 보낸다
이신혜 | 15,000원

나의 봄을 기다리면서
송인숙 | 15,000원

꽃도 사랑을 하더라
정태운 | 15,000원

울타리
이장욱외 2인|18,000원

인향문단 원고 모집

인향문단에서 다양한 분야의 작품을 모집합니다. 인향문단은 전문작가는 물론 생활 속에서 자신이
체험한 글을 진솔하게 쓰는 이름이 알려지지 않은 작가분들의 글들도 환영합니다.

출판 관련 문의에서 출간까지 도서출판 그림책에서 동행 하겠습니다!!
전화번호 010. 2676. 9912 / 070 .4105. 8439

편집위원 후기

이번에 출간되는 7집 시화집 [다시 봄을 기다리며]는 겨울의 혹독함을 견디고 따뜻한 봄을 맞이한 것처럼, 시인들이 자신의 감정과 경험을 글로 풀어내며 수많은 고민과 수정을 거친 끝에 탄생한 작품입니다. 한 권의 시집은 단순한 책이 아니라, 시인들의 삶과 철학이 담긴 예술 작품으로, 이 책은 시인들의 내면의 꽃을 피워낸 결과물이라 할 수 있습니다.

좋은 글들과 소중한 삶의 정수들이 많은 분들에게 전달되고 널리 알려져 의미 있는 시화집으로 자리매김하기를 희망합니다. [다시 봄을 기다리며]를 통해 독자들은 시인들의 마음을 느끼고, 자신의 삶을 돌아보는 계기가 될 것입니다.

겨울을 이기고 피어난 봄날의 꽃처럼, 참여하신 모든 시인들의 노고와 열정이 가득 담긴 시화집이 독자들에게 큰 감동을 주길 바랍니다. 여름날의 고생이 가을의 결실로 이어지듯, 어려움을 이겨낸 시인들의 시는 독자들의 마음속에 새로운 봄을 피워낼 것입니다.

참여하신 모든 분들께 진심 어린 박수를 보냅니다. 감사드립니다.

도서출판 그림책, 인향문단 수석편집위원
- 이정순 / 정해경